D1145321

CHARLES DICKENS

Chant de Noël

traduit de l'anglais par
Dominique Jean

NATHAN

© Fernand Nathan, 1984

Le
dossier illustré
sur
Le Chant de Noël
a été établi par
Madeleine Leveau-F.
historienne

SOMMAIRE DU DOSSIER

Trois grandes parties de ce dossier

CHARLES DICKENS

(1812-1870)

Jeune et déjà célèbre.

La vie de Dickens

Charles Dickens naît à Portsmouth en 1812. Son père, John Dickens, issu d'une famille de domestiques, réussit, grâce à son mariage, à obtenir un poste à l'Amirauté : sa femme, Eliza-beth Barrow, était la fille et la nièce de fonction-naires employés dans cette administration.

John Dickens est muté à Chatham peu après la naissance de Charles. La famille vécut dans cette ville quelques années heureuses. En 1822, John est nommé à Londres. La situation financière de la famille Dickens se dégrade et Charles doit arrê-ter ses études. En 1824, son père est emprisonné pour dettes et le jeune Dickens, âgé de douze ans, entre dans une fabrique de cirage. Il n'y res-tera que quelques semaines, mais il se souvien-dra toujours de ce contact avec le travail et la misère. Les quartiers les plus sordides de Lon-dres le fascineront longtemps.

Son père libéré grâce à un petit héritage, Charles reprend ses études pendant trois ans, puis est employé chez un avoué. Rapidement, il commence à publier dans divers journaux et magazines des contes et des « esquisses », tableautins de la vie dans les quartiers les plus populaires de Londres.

Au début de l'année 1836, il publie son premier livre, recueil de contes et autres pièces et, quel-ques semaines plus tard, la veille de son mariage avec Catherine Hogarth, commence la parution des immortelles aventures de M. Pickwick.

Dickens connaît alors quelques années de bon-heur familial et de gloire littéraire. Les enfants se succèdent au foyer et les manuscrits chez son éditeur. Pourtant, un événement douloureux vient assombrir ce tableau qui semblait parfait : la mort de sa jeune belle-sœur Marie Hogarth. Ce deuil le marque profondément et il idéalise Marie sous les traits de diverses héroïnes de plus en plus irréelles.

A douze ans, il collait les étiquettes sur les bouteilles de cirage.

L'un des principaux traits de son caractère est l'énergie qui l'anime. Son œuvre en témoigne ainsi que toutes ses activités parallèles : les lectures publiques, le théâtre d'amateurs, les entreprises philanthropiques (Dickens fut le fondateur d'un foyer pour jeunes filles), la politique et surtout le journalisme.

Cette activité débordante finit par le surmener et le choc subi lors d'un accident de chemin de fer, le 9 juin 1865, altère définitivement sa santé. Il meurt dans sa maison de campagne de Gadshill (près de Rochester), cinq ans jour pour jour (1870) après cet accident. Il est inhumé à l'abbaye de Westminster.

Jamais un instant de repos

● Enfant, Dickens a connu la faim. Tout jeune reporter, il explore les bas-fonds londoniens ; il assiste aux enquêtes de police sur les vols, les suicides, les meurtres. Il sera un des premiers écrivains européens, avant Victor Hugo, Eugène Sue et Dostoïevski, à utiliser une enquête policière. Le crime et ses conséquences deviennent le sujet du roman. En observant, il s'interroge. Le crime a pour cause principale l'injustice sociale. Il ne peut détourner son esprit de la misère. Dans un premier temps, la charité lui apparaît le seul remède à opposer aux souffrances. Elle est une tâche essentielle.

● La misère qu'il a vécue n'est pas celle engendrée par la grande industrie mais celle des petites entreprises dans les vieux quartiers, des commerces médiocres où vivotent les boutiquiers et les marchands des rues.

La foire aux vieux souliers dans une rue miséreuse de Londres.

● Son idéal social, c'est la famille groupée autour du père, la solidarité et la survivance des coutumes anciennes comme celle de Noël. L'ensemble des *Contes de Noël* est une véritable profession de foi sociale.

LES ROMANS DE DICKENS

L'œuvre de Dickens se met résolument au service des « Pauvres ». Elle connut un énorme succès populaire dû à son réalisme, mais aussi à sa verve. Dickens met en scène des personnages truculents. Si chacun parle le langage de son milieu social, certains le font d'une manière très pittoresque. Blague, argot, verlan, Dickens utilise tout cela. C'est pour le témoignage social qu'il apporte, mais aussi grâce à son humour que Dickens est encore très lu aujourd'hui.

M. PICKWICK (1836-1837)
OLIVER TWIST (1838-1839)
NICHOLAS NICKLEBY (1839-1840)
LE MAGASIN D'ANTIQUITÉS (1840-1841)
BARNABÉ RUDGE (1841)
MARTIN CHUZZLEWIT (1843-1844)
DOMBEY ET FILS (1846-1848)
DAVID COPPERFIELD (1849-1850)
BLEAK HOUSE (1852-1853)
LES TEMPS DIFFICILES (1854)
LA PETITE DORRIT (1855-1857)
LE CONTE DE DEUX CITÉS (1859)
LES GRANDES ESPÉRANCES (1860-1861)
L'AMI COMMUN (1864-1865)
LE MYSTÈRE D'EDWIN DROOD (qu'il laissa inachevé)

DES AMIS FIDÈLES

Tous ceux qui savent lire à cette époque en Grande-Bretagne consomment une quantité prodigieuse de matière imprimée : livres, revues, magazines, hebdomadaires, quotidiens. Les sujets de la reine Victoria ne considèrent pas la lecture uniquement comme un passe-temps, ils attendent d'elle un enseignement. Aussi, les auteurs de cette période s'attachent-ils à introduire dans leurs fictions des éléments instructifs.

La reine d'Angleterre en famille.

● Un de ses plus fidèles amis est certainement John Forster (1812-1876). Ils se rencontrent en 1836. Dickens se confie souvent à lui et tient compte de ses remarques dans la rédaction de ses romans. On doit à Forster la première biographie de Dickens et de nombreuses informations sur ses méthodes de travail.

● L'historien-philosophe-essayiste Thomas Carlyle (1795-1881) influence profondément Dickens. Carlyle critique avec virulence l'égoïsme de la bourgeoisie de son temps : il l'accuse d'avoir perdu tout sens des responsabilités qu'une classe dirigeante doit au peuple.

● William Thackeray (1811-1863). Une saine émulation entre Dickens et lui les amène à se surpasser dans quatre magnifiques romans évoquant l'enfance, la formation d'une personnalité et les rêves d'un jeune homme : *Pendennis* (1848) et l'histoire d'*Henry Esmond* (Barry Lindon) (1852) de Thackeray, auxquels répondent *David Copperfield* (1849-1850) et *Les Grandes Espérances* (1860-1861).

● Elizabeth Gaskell (1818-1865), romancière profondément chrétienne. Elle prêche la réconciliation des classes sociales. Ses premières œuvres « engagées » ont beaucoup frappé Dickens. Il fait appel à elle pour collaborer au périodique *Household Words* qu'il fonde en 1851.

● Écrivain et politicien brillant, Benjamin Disraëli (1804-1881) s'intéresse aux problèmes sociaux. Après son second roman, *Sybil* (1845), il entreprend une carrière politique et se hisse jusqu'au rang de Premier ministre (1868).

L'ANGLETERRE DE DICKENS

Des écrivains dans la ville

Comme la philosophie des Lumières en France au XVIIIe siècle, la littérature anglaise de l'époque victorienne exerce une influence sur l'évolution du pays : les romans de Dickens et de Disraëli contribuèrent largement à l'adoption de mesures sociales.

Ce rôle de « directeur de conscience » que tiennent les hommes de lettres leur confère un certain prestige. Lorsqu'ils ne sont pas d'extraction trop modeste, les écrivains ayant acquis de la notoriété deviennent les « locomotives » de salons élégants et sont admis dans les meilleurs clubs. Aussi, hommes et femmes de l'aristocratie ne dédaignent-ils pas d'écrire des romans mondains. La reine Victoria elle-même se fera femme de lettres et publiera son naïf *Journal de notre vie de famille dans les Highlands*. Disraëli, devenu son Premier ministre, lui dira un jour, non sans ironie : « Nous autres auteurs, madame... »

Benjamin Disraëli.

Londres, une ville de misère

Disraëli écrit, dans l'un de ses romans, que la Grande-Bretagne se compose de deux nations distinctes séparées par un abîme et s'ignorant l'une l'autre : celle des Riches et celle des Pauvres. Cette dernière est un enfer dans lequel se débat la majeure partie des travailleurs de l'industrie, c'est-à-dire le quart environ de la population du royaume.

Les Riches : retour de la messe le dimanche matin.

L'agglomération de Londres compte environ deux millions d'habitants ; les quartiers populaires sont d'infects taudis. Le système des

Les Pauvres : « On n'a pas de travail (bis)
On est trempés jusqu'aux os
On est de pauvres ouvriers !
A vot' bon cœur, m'sieurs-dames ! »

égouts n'a pas été amélioré depuis le XVIe siècle et 80 000 maisons habitées par 650 000 personnes ne disposent d'aucune prise d'eau. Les fosses d'aisance ne sont que rarement vidées et, dans le voisinage même de certains quartiers bourgeois, les rues ne sont que des cloaques infestés. Les rats y sont rois et sont parfois la cause de la mort horrible de bébés qu'ils dévorent durant la nuit.

Certains quartiers offrent un spectacle hallucinant. Leurs noms sont restés synonymes de misère, de crasse, de débauche et de crime : le quartier Rookery, appelé communément le « nichoir à corbeaux de Saint-Gilles », situé tout près de la très commerçante Oxford Street ; le quartier de Whitechapel, près de Bethnal Green, rendu célèbre par Jack l'Éventreur qui y sévit en 1888 ; le quartier des docks le long de la Tamise ou le district de Lambeth.

Il n'est pas rare de trouver dans ces quartiers un homme, sa femme, leurs 4 ou 5 enfants, travaillant, mangeant, dormant dans une seule pièce de 10 à 12 pieds de côté (de 3 à 3,50 m). Il va sans dire que les épidémies sont nombreuses et font de terribles ravages.

Les femmes coûtent moins cher que les chevaux

Le salaire d'un homme tourne autour de 3 shillings par jour (Bob Cratchit gagne 15 shillings par semaine) ce qui permet tout juste de survivre. Le salaire d'une femme ou d'un enfant est bien inférieur (pour son premier salaire, le jeune Cratchit doit toucher 5 shillings et demi). La durée du travail est de 15 à 16 heures par jour avec une seule interruption d'une demi-heure vers midi. Les seuls jours de congé sont les dimanches et le 25 décembre. Aucune allocation n'est versée en cas de maladie, de grossesse ou de chômage. La retraite n'existe pas.

A l'auberge, une fois par semaine, on distribue aux enfants ouvriers leur maigre salaire.

Dès l'âge de 7 ans, les enfants travaillent de 6 heures le matin à 8 h 30 le soir. Dans les semaines de pointe, les horaires peuvent aller de 4 heures le matin à 10 heures le soir. Dans l'industrie textile, le travail des enfants est réglementé d'une façon plus rigoureuse et l'on n'emploie pas, en principe, d'enfants de moins de 9 ans. D'autre part, jusqu'à 13 ans, la durée quotidienne de leur travail est limitée à 13 heures.

Dans les mines, la situation est particulièrement affreuse. Pour tirer les wagonnets d'évacuation, on préfère utiliser les femmes plutôt que les chevaux car elles coûtent moins cher. Elles sont attelées, harnachées comme des animaux de trait aux wagonnets. Quant aux enfants, ils sont utilisés pour manœuvrer les vannes d'aération. Des marmots de 6 ans restent pendant 12 ou 13 heures consécutives dans la plus complète obscurité et les pieds dans l'eau. Cela pour 3 shillings par semaine !

On comprend que cette gamine ait l'air souffreteux : elle travaille seize heures par jour dans une briqueterie.

LA PHILANTHROPIE

Les conditions désastreuses dans lesquelles vivent les ouvriers de la grande industrie préoccupent de plus en plus les pouvoirs publics. Dès 1830, Lord Ashley, héritier du comté de Shaftesbury, dénonce avec véhémence devant le Parlement la situation scandaleuse des classes laborieuses. En 1834, les journaux commencent à s'intéresser au problème. Le clergé s'en mêle. Meetings, pétitions et manifestations se succèdent. C'est durant cette période que paraissent les ouvrages de Dickens et de Disraëli qui connaissent un énorme succès.

Les sociétés philanthropiques étaient d'énormes organisations. Elles possédaient leurs propres locaux et même leurs chapelles et leurs prêcheurs.

Vers 1840, des jeunes gens de la meilleure société mettent en commun leurs aspirations philanthropiques et entreprennent de « régénérer » la vie nationale. Loin d'être révolutionnaires, ils sont nettement opposés au libéralisme. Ils n'approuvent pas la montée du machinisme et du progrès industriel. Malgré leurs conceptions réactionnaires, ces hommes exercent une certaine influence et tentent de jouer un rôle social en « rendant des services à la cause populaire ». Disraëli fut, un moment, au centre de ce mouvement puis, après lui, Lord Ashley. Un sentiment nouveau se répand dans les classes dirigeantes, le « remords social ». Il faut se donner bonne conscience. L'idée d'une « obligation de classe » s'introduit dans la charité et débouche sur le vote de plusieurs lois.

La charité privée s'exerce largement : œuvres d'assistance et comités de bienfaisance se multiplient. Il est de bon ton de visiter les « pauvres méritants ». Cette charité ne va pas sans condescendance de la part de ceux qui l'exercent. Un contemporain écrit ceci : *Il y a un charme profond dans la visite faite par un supérieur. Elle suscite dans le cœur de l'inférieur une émotion bien opposée à ce ressentiment à l'égard des hautes classes qui tend si fâcheusement à se répandre parmi la population ouvrière.*

La charité publique, quant à elle, s'exerce dans les *workhouses* — maisons de travail forcé — où on enferme les indigents. Ce sont de véritables bagnes et les pensionnaires y ont des conditions d'existence inférieures à celles des ouvriers les plus mal payés. La nourriture est détestable : une soupe de gruau et un croûton de pain par jour. La discipline est impitoyable et les sévices corporels sont habituels. On comprend pourquoi les plus déshérités avaient recours à toutes sortes de stratagèmes pour échapper à cet enfermement. Un écrivain contemporain de Dickens s'indigne du fonctionnement des *workhouses*. En 1840, il dit de ces maisons qu'elles *sont une invention simple, comme toutes les grandes inventions... Si les pauvres sont rendus misérables, leur nombre diminue. Le secret est connu de tous les tueurs de rats... Une méthode plus rapide consiste à employer l'arsenic.*

Un quartier populaire de Londres. La misère reproduite à des milliers d'exemplaires.

QUI EST QUI ?

BOB CRATCHIT, employé d'Ebenezer Scrooge.

PETER CRATCHIT, fils du précédent.

TIM CRATCHIT, (« TOUT P'TIT TIM »), infirme, plus jeune fils de Bob Cratchit.

M. FEZZIWIG, vieux négociant, jovial et bon.

FRED, neveu de Scrooge.

ESPRIT DES NOËLS D'AUTREFOIS, fantôme qui fait apparaître les Noëls passés.

ESPRIT DU NOËL D'AUJOURD'HUI, esprit bon, généreux et cordial.

ESPRIT DES NOËLS ENCORE A VENIR, apparition qui montre les ombres d'événements susceptibles de se produire dans l'avenir.

SPECTRE DE JACOB MARLEY, fantôme de l'ancien associé de Scrooge.

JOE SHIPCHANDLER, receleur d'objets volés.

EBENEZER SCROOGE, vieillard cupide et avaricieux, seul associé vivant de l'entreprise Scrooge et Marley.

M. TOPPER, célibataire.

DICK WILKINS, compagnon d'apprentissage de Scrooge.

BELLE, accorte mère de famille, ancienne amoureuse de Scrooge.

CAROLINE, femme d'un débiteur de Scrooge.

Mme CRATCHIT, femme de Bob Cratchit.

BELINDA et **MARTHE CRATCHIT,** filles de la précédente.

Mme DILBER, blanchisseuse.

FAN, sœur de Scrooge.

Mme FEZZIWIG, la digne compagne de M. Fezziwig.

Le réveillon de Noël chez Fezziwig.

VIENT DE PARAÎTRE

Publié en décembre 1843, quelques jours avant Noël, dans une belle édition illustrée par un artiste célèbre, John Leech (collaborateur de l'hebdomadaire satirique *Punch*), le *Chant de Noël* obtient un tel succès que Dickens continue, pendant des années, à écrire à l'occasion du 25 décembre des récits délibérément fantaisistes célébrant « l'esprit de Noël ».

Les 6 000 exemplaires de la première édition sont vendus dans la journée : 15 000 exemplaires en un an. Pourtant Dickens est déçu. Le prix de ce volume de luxe est trop élevé et les bénéfices inférieurs à ses espérances. Pour les récits de Noël suivants, Dickens choisira des éditions moins belles mais moins coû-

Scrooge vu par Walt Disney.

teuses. Les ventes atteindront des chiffres prodigieux : 250 000 en une semaine pour l'un d'eux.

Réédité plus de deux cents fois en anglais depuis 1843, le *Chant de Noël* a été :

— traduit en 23 langues européennes, en arabe, en tamoul, en espéranto ;

— adapté plusieurs fois à la scène :

- une demi-douzaine de pièces en un ou plusieurs actes (la première dès 1844) ;
- deux comédies musicales ;
- un divertissement théâtral accompagné de musique ;

— porté à l'écran 8 fois entre 1910 et 1970. Très récemment, il a fait l'objet d'un dessin animé des studios Walt Disney ;

— réécrit pour une diffusion radiophonique ;

— Dickens a publié une édition « condensée » (1868) faite des passages qu'il sélectionnait pour ses « lectures publiques ».

Tiny Tim vu par Walt Disney.

Chant de Noël

Premier mouvement

LE SPECTRE DE MARLEY

Marley était mort... Voilà pour commencer. Il n'y a pas le moindre doute là-dessus. Le registre faisant foi de son inhumation porte la signature du curé, du sacristain, de l'employé des pompes funèbres et de celui qui conduisait le deuil. Il porte la signature de Scrooge, or le nom de Scrooge conférait en bourse une valeur unanimement reconnue à tout document sur lequel Scrooge avait bien voulu l'apposer. Le vieux Marley était bel et bien mort, et était allé manger les pissenlits par la racine après avoir avalé son bulletin de naissance.

Attention ! N'allez pas me croire convaincu, de par mon expérience personnelle, que les morts ont un tel appétit. J'aurais été plutôt enclin à les imaginer plus passifs qu'actifs et à penser, malgré ces expressions qui en font des convives affamés, que ce sont eux qui font le festin des vers. Mais la sagesse de nos ancêtres s'exprime dans ces comparaisons imagées et je ne porterai pas sur elles une main sacrilège. Autrement, c'en est fait de la patrie. Aussi m'autoriserez-vous à répéter avec insistance que Marley mangeait, que dis-je ? dévorait les pissenlits par la racine.

Et Scrooge savait qu'il était mort ? Bien évidemment. Comment aurait-il pu en être autrement ? Scrooge et lui avaient été associés pendant je ne sais plus combien d'années. Scrooge était son seul exécuteur testamentaire, son seul héritier, son seul légataire, son seul ami et le seul à porter son deuil. Et, même Scrooge ne fut pas si cruellement affecté par ce triste événement qu'il ne fût capable de faire honneur à sa réputation d'excellent homme d'affaires le jour même des funérailles de Marley qu'il célébra avec solennité en concluant un marché sensationnel.

Ce rappel des funérailles de Marley me ramène à mon point de départ. Il ne fait aucun doute que Marley était mort. Il faut que cela soit parfaitement clair, car sinon l'histoire que je m'apprête à raconter perdrait tout caractère merveilleux. Si nous n'étions pas intimement convaincus que le père d'Hamlet est mort avant le lever du rideau, il ne serait pas plus étonnant de le voir errer sur le chemin de ronde de son château fort par une nuit de tempête que de voir n'importe quel quinquagénaire s'exposer imprudemment la nuit dans un endroit venteux, comme, par exemple, le cimetière de la cathédrale Saint-Paul, dans le but de frapper d'étonnement l'esprit crédule de son fils.

Scrooge n'avait jamais effacé le nom du vieux Marley. Il était toujours là, des années après, au-dessus de la porte de l'entreprise commerciale : Scrooge et Marley. Parfois les novices de la profession appelaient Scrooge par son nom ; parfois, ils l'appelaient Marley, mais Scrooge répondait indifféremment aux deux. Pour lui, cela n'avait pas la moindre importance.

Ah ! c'est qu'il était âpre au gain et dur à la tâche, Scrooge ! Un vieux gredin, cupide, avare, impitoyable, qui vous pressurait, vous écrasait, vous extorquait et vous arrachait tout ce qu'il pouvait vous prendre. Dur comme la pierre. Un vrai silex auquel aucun coup n'avait jamais arraché la moindre étincelle de générosité. Il ne faisait confiance à personne, et vivait fermé comme une huître. Le froid qui l'envahissait avait figé ses traits vieux pour son âge, pincé son nez pointu, fripé ses joues, engourdi sa démarche. Il lui avait rougi les yeux et bleui ses lèvres minces. Le froid crissait dans sa voix aigre. Tête, sourcils et menton broussailleux étaient poudrés de gelée blanche. Cette basse température personnelle ne le quittait jamais. Il l'emportait partout avec lui. Au cœur de l'été, Scrooge réfrigérait son bureau par sa seule présence et sa personne était incapable de le réchauffer d'un seul degré à Noël.

Le froid et la chaleur naturels n'avaient pas d'effet sur Scrooge. Aucune chaleur ne pouvait le réchauffer. Aucun frimas le refroidir. Il n'existait pas de vent qui fût plus âpre que lui, pas de tempête de neige qui fût plus obstinée, pas de pluie battante qu'on pût moins faire céder. Le mauvais temps ne savait pas où l'attaquer. Pluie, neige, grêle, si violentes qu'elles fussent ne pouvaient l'emporter sur lui que sur un point : il leur arrivait de tomber avec générosité. Scrooge ignorait jusqu'au mot même de générosité.

Jamais personne ne l'abordait en pleine rue pour lui dire, l'air réjoui : « Mon cher Scrooge, comment allez-vous ? Alors, quand passerez-vous à la maison ? » Les mendiants ne lui demandaient pas l'aumône, les enfants ne s'adressaient pas à lui pour savoir l'heure, personne jamais, ni homme ni femme n'avait essayé de se renseigner auprès de lui pour trouver son chemin. Même les chiens d'aveugles semblaient le connaître et quand ils le voyaient approcher, ils entraînaient leur maître sous une porte cochère ou au fond d'une cour et ils agitaient la queue pour dire : « Mieux vaut être aveugle comme toi, maître, que d'avoir le mauvais œil. »

Mais qu'importait à Scrooge ? C'était là ce qu'il aimait. Pour Scrooge, se frayer un chemin secret par les routes encombrées de la vie, en écartant toute cordialité et le moindre signe d'humanité, c'était « tout bon » comme disent les personnes à la page.

Il arriva qu'un beau jour (et ce jour, beau entre tous, était la veille de Noël), le vieux Scrooge, assis dans son bureau, était absorbé par son travail. Il faisait un temps sinistre. Au brouillard s'ajoutait un froid mordant. Et Scrooge entendait les gens dans la cour qui allaient et venaient en soufflant, et se frappaient la poitrine et tapaient du pied pour se réchauffer. Les horloges publiques de la Cité de Londres venaient tout juste de sonner trois heures mais il faisait déjà presque nuit. Ça ne s'était pas levé de la journée et la lueur des chandelles des bureaux voisins trouait de taches rouges l'épaisseur de l'air sombre. Le brouillard pénétrait partout, s'infiltrant par la moindre fente, le plus petit trou de serrure et, dehors, il était si dense que, malgré l'exiguïté de la cour, les maisons d'en face paraissaient fantomatiques. À voir ces nuées immondes s'abattre sur tout et tout plonger dans l'obscurité, on aurait pu croire que dame Nature habitait tout à côté et mijotait quelque préparation repoussante dans un chaudron géant.

La porte du bureau de Scrooge était ouverte pour lui permettre de surveiller son employé qui, derrière, dans une sorte de minuscule cellule sinistre, sorte de citerne, couvrait un registre de belles lettres rondes. Le feu de Scrooge était tout petit, mais celui de l'employé était tellement plus petit qu'on l'aurait fait d'un seul charbon. Mais il lui était impossible de le regarnir car la réserve de charbon était dans le bureau de Scrooge. Aussitôt que l'employé en approchait, une pelle à la main, le patron le menaçait de licenciement. Alors l'employé s'emmitouflait dans son cache-nez blanc, et il essayait de se réchauffer à la bougie. Comme il n'était pas doué d'une imagination débordante, il avait grand mal à y parvenir.

— Joyeux Noël, mon oncle ! Que Dieu te garde ! appela une voix joyeuse, celle du neveu de Scrooge. Elle alla frapper avec éclat l'oreille de Scrooge. L'oncle perçut ainsi brutalement l'arrivée du neveu.

— Bof ! fit Scrooge. Quelle blague !

Il s'était si bien réchauffé à marcher d'un bon pas dans le brouillard, ce neveu de Scrooge, qu'il était tout radieux. Il avait un beau visage coloré. Un éclair s'alluma dans son regard et son souffle fusa de nouveau comme un jet de vapeur dans l'air.

— Noël, une blague, mon oncle ! dit le neveu de Scrooge. Tu ne penses pas ce que tu dis.

— Que si, dit Scrooge. Joyeux Noël ! Quel droit as-tu d'être joyeux ? Quelles raisons as-tu de l'être ? Tu es pourtant bien assez pauvre !

— Allons, reprit le neveu gaiement. Quel droit as-tu d'être sinistre ? Quelle raison as-tu d'être morose ? Tu es pourtant bien assez riche !

Scrooge se trouvant sur le moment à court d'inspiration répéta : « Bof ! », puis ajouta : « Une blague ! »

— Ne te fâche pas, mon oncle, dit le neveu.

— Que puis-je faire d'autre, répliqua l'oncle, alors que je vis entouré de tant d'illuminés ? Joyeux Noël ! Au diable, leur joyeux Noël ! Qu'apporte donc la saison de Noël ? Des factures dont on n'a pas le premier sou, et une année de plus qui vous tombe dessus et ne vous fait pas gagner une heure supplémentaire. Il faut faire son bilan. On vous présente une traite pour chaque article en compte. Si le monde obéissait à mon bon plaisir, rugit Scrooge, on ferait bouillir dans le jus de leur pudding tous ces imbéciles qui vous donnent du « Joyeux Noël » à tort et à travers et on leur ficherait une branche de houx dans le cœur... Et sans hésiter encore !

— Mon oncle, supplia le neveu.

— Mon neveu, répliqua l'oncle, l'air sombre, honore Noël à ta façon et laisse-moi l'honorer à la mienne.

— L'honorer ! reprit le neveu de Scrooge. Mais tu ne l'honores pas !

— Eh bien, laisse-moi donc le déshonorer, dit Scrooge. Et que Noël te soit d'un grand profit. Comme s'il t'avait jamais profité !

— Il y a beaucoup de choses dont j'aurais pu profiter et dont je n'ai pas su profiter, j'en suis convaincu, répondit le neveu. Et, entre autres, de Noël. Mais je suis sûr d'avoir toujours estimé que Noël, qui revient chaque année, indépendamment de la vénération due à ce nom sacré et à son origine, si tant est qu'on puisse dissocier Noël de cette vénération, oui, que Noël est une fête, une époque agréable, de bonté, de pardon, de charité. Le seul moment de l'année, à ma connaissance, où hommes et femmes consentent à ouvrir tout grand leur cœur ordinairement fermé et à considérer leurs prochains comme des compagnons d'infortune en ce bas monde et non comme une espèce inférieure qui n'aurait rien de commun avec eux. Aussi, mon oncle, et, bien que Noël ne m'ait jamais apporté une once d'or ou d'argent supplémentaire, j'ai la conviction qu'il m'a fait du bien et continuera de m'en faire. Et je répète : « Béni soit Noël ! »

L'employé dans sa citerne ne put s'empêcher d'applaudir, mais se rendant aussitôt compte de l'énormité de ce geste, il se mit à attiser le feu et réussit ainsi à en éteindre à tout jamais la dernière lueur moribonde.

— Que je vous entende encore une seule fois, vous là-bas, gronda Scrooge et vous fêterez Noël en perdant votre place. Tu es assurément un orateur éloquent, mon neveu, poursuivit-il. Je me demande bien pourquoi tu ne te fais pas élire à la Chambre.

— Ne sois pas fâché, mon oncle. Allons ! Viens déjeuner à la maison demain.

Scrooge déclara qu'il préférerait voir son neveu au... Oui, il prononça ces mots sans hésiter, alla jusqu'au bout de la malédiction, affirmant qu'il préférerait le voir en cette inquiétante compagnie plutôt que d'aller chez lui.

— Mais pourquoi ? demanda le neveu de Scrooge. Pourquoi cela ?

— Pourquoi t'es-tu marié ? dit Scrooge.

— Parce que j'étais amoureux.

— Parce que tu étais amoureux ! gronda Scrooge comme si c'eût été la seule chose au monde encore plus absurde qu'un joyeux Noël. Eh bien, bonsoir !

— Mais, mon oncle, tu n'es jamais venu

chez moi avant mon mariage. Alors pourquoi donner ce prétexte pour ne pas venir maintenant ?

— Bonsoir, dit Scrooge.

— Je suis sincèrement désolé de te trouver si obstiné. Nous ne nous sommes jamais disputés par ma faute. J'ai fait cette tentative en l'honneur de Noël et conserverai mon humeur de Noël. Alors, mon oncle, joyeux Noël à toi !

— Bonsoir, répéta Scrooge.

— Et bonne année !

— Bonsoir.

En dépit de ces rebuffades, le neveu de Scrooge sortit sans un mot de colère. Il s'arrêta sur le pas de la porte pour souhaiter un joyeux Noël au commis qui, tout gelé qu'il était, manquait moins de chaleur que Scrooge et lui adressa en retour ses vœux les plus cordiaux.

— Il s'y met aussi, celui-là, grommela Scrooge. Il a femme et enfants, gagne quinze shillings par semaine et parle de joyeux Noël. Je ferais mieux d'aller directement dans un asile de fous.

Ce fou de commis, en reconduisant le neveu de Scrooge, avait fait entrer deux visiteurs, deux messieurs corpulents et sympathiques qui, après s'être découverts, se tenaient dans le bureau de Scrooge, les bras chargés de registres et de documents. Ils saluèrent Scrooge.

— Scrooge et Marley, c'est bien cela ? dit un des aimables messieurs en se reportant à sa liste. Est-ce à M. Scrooge ou à M. Marley que j'ai le plaisir de parler ?

— M. Marley est mort il y a sept ans, répondit Scrooge. Il y aura ce soir très exactement sept ans, jour pour jour.

— Nous sommes convaincus que sa générosité est bien représentée par l'associé qui lui a survécu, dit le monsieur en présentant ses lettres de recommandations.

Il ne fait aucun doute que la générosité de Marley était dignement représentée par celle de Scrooge car ils s'étaient ressemblés en tout point. En entendant ce mot inquiétant de *générosité*, Scrooge fronça le sourcil, fit non de la tête en signe de dénégation et rendit les lettres de recommandations à leur propriétaire.

— En ces temps de fête, M. Scrooge, dit le gros monsieur en se préparant à écrire, il est plus que jamais souhaitable de faire quelque chose pour les pauvres et les démunis qui souffrent beaucoup en cette période de l'année. Des milliers de gens manquent du strict nécessaire ; des centaines de milliers ignorent tout du bien-être le plus élémentaire.

— N'y a-t-il donc pas de prisons ? demanda Scrooge.

— Ce n'est pas cela qui manque, dit le monsieur en reposant sa plume.

— Et les hospices municipaux ? demanda Scrooge. Les aurait-on fermés ?

— Pas du tout. Pourtant, répondit l'inconnu, j'aimerais dire qu'ils le sont.

— La loi sur les pauvres et le travail disciplinaire, ça marche toujours ? demanda Scrooge.

— Toujours, monsieur.

— Ah, bon ! Je craignais, après ce que vous m'aviez dit, qu'il soit arrivé je ne sais quoi qui en aurait limité le bon fonctionnement, dit Scrooge. Je suis ravi de voir qu'il n'en est rien.

— Convaincus que pas plus le travail disciplinaire que la loi sur les pauvres ne procurent un réconfort bien chrétien à l'esprit ou au corps de la multitude, reprit l'inconnu, nous sommes un certain nombre à tenter de collecter des fonds pour acheter aux pauvres de quoi manger, boire et se chauffer. Nous le faisons à cette époque-ci, car c'est la période de l'année par excellence où le besoin est le plus durement ressenti et où l'abondance est source de joie. Pour quel montant vous inscrirai-je ?

— Rien du tout, répliqua Scrooge.

— Vous souhaitez que votre don reste anonyme ?

— Je souhaite que vous me fichiez la paix, dit Scrooge. Puisque vous me demandez ce que je souhaite, messieurs, voilà ma réponse. Personnellement je ne me distrais pas pour Noël et je n'ai pas les moyens de procurer des distractions aux oisifs. Je contribue à l'entretien des établissements dont je vous ai parlé. Cela me coûte suffisamment cher en impôts. Ceux qui sont au bout du rouleau n'ont qu'à y aller.

— Il y a bien des personnes qui n'y ont pas droit. Et beaucoup qui préféreraient mourir plutôt que d'y aller.

— S'ils préfèrent mourir, dit Scrooge, autant qu'ils meurent. Ça réduira le surpeuplement. Et puis je vous demande de m'excuser, ces histoires ne m'intéressent pas.

— Mais vous pourriez vous y intéresser, remarqua l'autre.

— Ce ne sont pas mes affaires, lui répondit Scrooge. Que chacun s'occupe de ses affaires et ne se mêle pas de celles des autres. Les miennes m'absorbent totalement. Bonsoir, messieurs.

Se rendant compte qu'il serait inutile de poursuivre cette discussion, les deux messieurs se retirèrent. Scrooge se remit au travail animé d'une plus haute opinion de lui-même qu'à l'ordinaire et d'une humeur encore plus facétieuse.

Cependant, le brouillard et les ténèbres s'étaient épaissis au point que des porteurs de torches se proposaient pour courir devant les chevaux et guider les attelages. L'antique clocher d'une église dont la vieille cloche bourrue surveillait en permanence Scrooge à la dérobée, de derrière une ouverture gothique, avait disparu, dans les nuages, d'où, à présent, elle égrenait heures et quarts d'heure. Et les craquements prolongés de la mécanique vous donnaient l'impression que, quelque part là-haut, sous le front austère du bâtiment gelé, l'horloge claquait des dents. Le froid gagnait en intensité. Dans la rue principale, à l'angle de la cour, des ouvriers qui réparaient les tuyaux de gaz avaient allumé un grand feu dans un brasero autour duquel se pressait tout un groupe en haillons, petits et grands. Radieux, ils se chauffaient les mains avec délice à la chaleur du foyer qui les éblouissait tandis que la borne fontaine, abandonnée à son triste sort glacial, devenait misanthrope et laissait à contrecœur son eau déborder et se transformer en glace. L'éclat des boutiques, où des brins de houx couverts de baies craquaient dans la chaleur des lampes qui éclairaient les étalages, illuminait les visages blêmes des chalands qui s'empourpraient, le temps de passer devant la vitrine. Les magasins d'épicerie et de volailles avaient un aspect irréel. On aurait dit de merveilleux tableaux vivants, quelque spectacle lumineux, et on avait du mal à croire qu'ils pussent avoir le moindre lien avec des activités aussi peu reluisantes que le commerce et les affaires. Le Lord-Maire, dans sa forteresse de l'hôtel de ville, donnait des ordres à sa cinquantaine de cuisiniers et de sommeliers pour célébrer Noël ainsi que le doit la maison d'un Lord-Maire. Et jusqu'au petit tailleur que le Lord-Maire avait, le lundi précédent, mis à l'amende de cinq shillings pour ivresse et tapage sur la voie publique, qui, dans sa mansarde, tournait vigoureusement le pudding du lendemain tandis que sa femme maigrichonne sortait, avec le bébé, pour aller en vitesse acheter un rôti de bœuf.

Un brouillard toujours plus épais et plus glacial ! Un froid plus mordant, plus pénétrant, plus coupant ! Si le bon saint Dunstan avait pincé le nez du Malin avec un froid pareil au lieu de se servir de ses armes habituelles, alors, en vérité, le Malin aurait eu des raisons de hur-

ler. Le jeune propriétaire d'un tout petit nez gri-
gnoté et mâchonné par le froid vorace, comme
l'est un os par un chien, s'approcha du trou de
la serrure de Scrooge pour le régaler d'un chant
de Noël. Mais, dès les premières notes de

« Dieu vous bénisse, brave bourgeois,
Le malheur épargne votre toit »,

Scrooge saisit une règle avec tant d'énergie que
le chanteur s'enfuit terrifié, abandonnant la serrure au froid, et au brouillard plus désagréable
encore.

L'heure de la fermeture finit par arriver.
Scrooge descendit à contrecœur de son haut
tabouret, admettant ainsi implicitement devant
son employé, qui, dans sa citerne, n'attendait
que ça, que la journée était terminée. Le commis
souffla aussitôt sa bougie et mit son chapeau.

— J'imagine que vous avez l'intention de
prendre toute votre journée de congé demain,
dit Scrooge.

— Si cela vous convient, monsieur.

— Cela ne me convient pas du tout, dit
Scrooge. C'est parfaitement injuste. Si je vous
retirais une demi-couronne de salaire pour
cette journée, je suis certain que vous vous
prendriez pour une victime.

Le commis esquissa un pauvre sourire.

— Et pourtant, reprit Scrooge, vous n'esti-
mez pas que je suis une victime, moi, quand je
paie une journée chômée où rien ne se fait.

Le commis fit remarquer que cela ne se produisait qu'une fois l'an.

— Une bien piètre excuse pour voler un

pauvre homme tous les vingt-cinq décembre! déclara Scrooge en boutonnant son manteau jusqu'au menton. Mais je suppose que je dois vous donner congé toute la journée. Raison de plus pour être à l'heure après-demain.

Le commis promit et Scrooge sortit en grognant. En un clin d'œil, le commis ferma le bureau et, portant toujours sa longue écharpe blanche qui lui servait de pardessus, se mit à faire des glissades dans Cornhill en l'honneur de Noël, reprenant vingt fois son tour dans une file de gamins avant de courir chez lui, à Camden Town, aussi vite qu'il le put pour y jouer à colin-maillard.

Scrooge dîna tristement dans la triste auberge où il prenait ses repas. Puis, après avoir lu tous les journaux et essayé d'égayer le reste de la journée à consulter ses relevés de compte, il rentra se coucher. Il habitait une maison qui avait autrefois appartenu à son défunt associé. C'était un appartement sinistre dans un immeuble menaçant, au fond d'une cour, qui avait tellement peu l'air d'être à sa place qu'on ne pouvait s'empêcher d'imaginer que l'immeuble avait dû venir se cacher là quand il était tout jeune au cours d'une partie de cache-cache avec d'autres maisons, et qu'il n'avait pas su retrouver la sortie. Il était fort ancien maintenant, et fort lugubre car personne n'y vivait, à part Scrooge, le reste de l'immeuble étant tout occupé par des bureaux. La cour était si sombre que Scrooge, qui en connaissait pourtant le moindre pavé, dut avancer à tâtons.

Le brouillard et les frimas avaient si bien investi l'entrée principale qu'on aurait pu croire que le bonhomme Hiver avait choisi le seuil de la maison pour s'y absorber dans ses méditations funèbres.

Il est attesté que le heurtoir de la porte ne présentait aucun caractère particulier, hormis son énorme taille. Il est attesté aussi que Scrooge avait vu ce heurtoir, matin et soir, depuis qu'il habitait là, et bien que Scrooge eût encore moins d'imagination que le moins imaginatif des Londoniens, membres des guildes, et des corporations et échevins compris, ce qui n'est pas peu dire. Il faut également se souvenir que Scrooge n'avait pas une seule fois pensé à Marley depuis qu'il avait, dans l'après-midi, évoqué son associé mort voilà sept ans. Alors, m'explique qui pourra comment il se fit que Scrooge, qui venait d'introduire la clé dans la serrure, vit tout à coup et sans transition aucune le visage de Marley se substituer à la forme du heurtoir.

Le visage de Marley ! Il ne disparaissait pas dans une obscurité impénétrable comme les autres objets de la cour car il en émanait une sorte de lueur glauque, comme celle que pourrait produire un homard avarié au fond d'une cave. Ce visage n'exprimait ni colère ni agressivité, mais contemplait Scrooge comme Marley le faisait autrefois, une paire de lunettes spectrales repoussée sur un front spectral. Les cheveux étaient étrangement soulevés comme par quelque souffle chaud. Et, bien que les yeux fussent grands ouverts, le regard demeurait parfaitement fixe. Tout cela, ajouté à l'aspect blafard de ce visage, en faisait quelque chose d'horrible à voir. Mais l'horreur semblait moins venir de l'expression du visage, qu'exister en dépit de celui-ci et échapper à sa volonté.

Et, alors que Scrooge observait fixement ce phénomène, le heurtoir retrouva sa forme première.

Dire que Scrooge ne tressaillit pas et qu'il n'éprouva pas, au plus profond de son être, une sensation terrifiante qui lui était inconnue depuis son plus jeune âge, serait mentir. Pourtant, il empoigna la clé qu'il avait lâchée, la fit tourner fermement, entra et alluma une bougie.

Il hésita une seconde, c'est un fait, avant de se décider à fermer. Et, avant de repousser la porte, il regarda prudemment derrière, c'est un fait également, comme s'il s'attendait à moitié à être terrorisé par la vision d'une queue de cheveux attachée par un catogan sortant du panneau de bois. Mais il n'y avait rien derrière la porte, que les boulons et les vis qui fixaient le heurtoir. Alors il dit « Pfuitt ! » et la referma à toute volée.

Le bruit retentit dans toute la maison comme un coup de tonnerre. De chaque pièce du haut et de chaque tonneau dans la cave du marchand de vin, semblèrent revenir autant d'échos distincts. Scrooge n'était pas un homme à avoir peur d'un écho. Il condamna la porte, traversa le vestibule et gravit l'escalier. Tout cela sans se presser, tout en mouchant sa chandelle.

Pour exprimer son admiration devant la taille monumentale d'un bon vieil escalier d'autrefois, on dit parfois qu'on pourrait y faire passer une voiture et les six chevaux de l'attelage. Il arrive aussi qu'on dénonce les lacunes d'une nouvelle loi en montrant que le législateur y a laissé de tels trous que ce même attelage pourrait s'y engouffrer comme dans une porte cochère. Figures de style que ces comparaisons. Par contre, je suis très sérieux quand j'affirme qu'on aurait pu faire monter un corbillard dans cet escalier, et en travers, avec ça, le timon vers le mur et la porte du côté de la balustrade. Sans la moindre difficulté. Il y avait toute la place nécessaire, et davantage encore. Ce qui explique peut-être pourquoi Scrooge eut l'impression de voir un convoi funéraire avancer devant lui dans l'obscurité. Une demi-douzaine de réverbères n'auraient pas suffi à dissiper complètement les ténèbres de ce vestibule. Alors vous pouvez imaginer s'il y faisait noir rien qu'avec le lumignon de Scrooge.

Scrooge monta l'escalier, se souciant de l'obscurité comme d'une guigne. L'obscurité ne coûte rien et cela lui plaisait. Mais avant de fermer sa lourde porte, il parcourut son appartement pour s'assurer que tout était en ordre. Il se souvenait tout juste assez du visage de Marley pour avoir envie de faire cette vérification.

Salon, chambre, débarras. Tout était en ordre. Personne sous la table ni sous le divan. Un tout petit feu dans l'âtre. La cuiller et l'assiette à soupe toutes prêtes. Et la petite casserole de bouillie de gruau (Scrooge était enrhumé) au chaud. Personne sous le lit. Personne dans le cabinet de toilette. Personne dans sa robe de chambre, accrochée au mur, qui pendait, d'un air suspect. Le débarras semblable à lui-même : vieux pare-feu, vieilles chaussures, deux bourriches, une table de toilette sur trois pieds et un tisonnier.

Complètement rassuré, Scrooge repoussa la porte qu'il ferma à double tour, ce qui n'était guère dans ses habitudes. Désormais à l'abri d'une surprise, il retira sa cravate, enfila sa robe de chambre, ses pantoufles, se coiffa d'un bonnet de nuit et s'assit devant le feu pour avaler sa bouillie.

C'était un bien petit feu, en vérité, et qui ne comptait guère par une nuit aussi glaciale. Scrooge dut s'en approcher tout près et le couver avant de pouvoir extraire la moindre sensation de chaleur d'une poignée de combustible aussi dérisoire.

La cheminée, très ancienne, avait été construite il y avait fort longtemps par quelque négociant hollandais et était recouverte de curieux carreaux de faïence de Delft décorés de personnages et de scènes bibliques. Il y avait des Caïn et des Abel, des filles du Pharaon, des reines de Saba, des anges messagers descendant du ciel sur des nuages rebondis comme des lits de plume, des Abraham, des Balthazar, des apôtres s'embarquant sur des nefs en forme de saucières, des centaines de personnages qui mobilisaient l'attention de Scrooge. Et, pourtant, le visage de Marley, mort voilà sept ans, vint, comme le bâton du Prophète, tout dévorer. Si ces petits carreaux lisses avaient été vides à l'origine et dotés du pouvoir de faire apparaître à leur surface les fragments incohérents des pensées de Scrooge, on aurait eu sur chacun d'eux un exemplaire de la tête du vieux Marley.

— Des blagues ! dit Scrooge qui se leva et se mit à arpenter la pièce.

Il marcha quelque temps de long en large puis se rassit. Comme il rejetait la tête en arrière contre le dossier de son fauteuil, son regard s'attarda sur une sonnette hors d'usage, qui, autrefois, pour quelque raison aujourd'hui oubliée, avait communiqué avec le dernier étage sous les combles. Scrooge fut très étonné et ressentit comme une crainte étrange et inexplicable de voir cette sonnette, à l'instant même où il la regardait, se mettre en branle. Au début, elle oscilla si doucement qu'il l'entendit à peine. Mais elle ne tarda pas à tinter bruyamment en même temps que toutes les sonnettes de la maison.

Cela dura peut-être trente secondes, une minute au plus, mais il sembla à Scrooge qu'une heure s'était écoulée.

Les sonnettes s'arrêtèrent comme elles s'étaient déclenchées, toutes ensemble. Aussitôt après, des bruits sourds et métalliques s'élevèrent des profondeurs de la maison comme si l'on traînait de lourdes chaînes sur les fûts dans la cave du marchand de vin. Scrooge se souvint d'avoir entendu dire que les fantômes des maisons hantées traînaient des chaînes derrière eux.

La porte de la cave s'ouvrit à toute volée dans un grand fracas et Scrooge entendit le bruit qui augmentait étage après étage en se rapprochant de sa porte.

— Encore des blagues ! dit Scrooge. Je n'y crois pas.

Pourtant il blêmit quand, sans s'arrêter, le fracas de chaînes franchit sa porte et pénétra dans la pièce sous les yeux de Scrooge. La flamme mourante se ranima au bruit comme pour dire : « Je connais ça ! C'est le fantôme de Marley ! », puis elle faiblit de nouveau.

Le même visage. Trait pour trait. Marley, les cheveux attachés par un catogan, portant gilet, pantalon serré et brodequins comme autrefois. Les glands au bout des lacets se dressaient tout droit comme le catogan, les basques de la redingote et les cheveux. La chaîne qu'il traînait, attachée à sa taille, était longue et lui faisait une sorte de queue. Et Scrooge (qui l'observait de près) vit qu'elle était faite de tiroirs-caisses, de clés, de cadenas, de livres de comptes, de contrats et de lourdes bourses d'acier. Le corps de Marley était transparent si bien que Scrooge, fasciné, put, à travers le gilet, voir les deux boutons sur les pans de la redingote.

Scrooge avait souvent entendu dire que Marley n'avait pas d'entrailles, mais jusqu'à ce jour il ne l'avait pas cru.

Non. Et d'ailleurs il n'était pas encore

convaincu. Il avait beau transpercer le fantôme du regard et le voir devant lui, sentir l'influence de ses yeux froids comme la mort, et remarquer le mouchoir noué autour de sa tête et qui lui retenait la mâchoire, il demeurait incrédule et refusait de se laisser convaincre par ce qu'il voyait.

— Eh bien ! dit-il, aussi glacial et caustique qu'à l'ordinaire. Que me voulez-vous ?

— Beaucoup de choses !

C'était bien la voix de Marley. Aucun doute à cet égard.

— Qui êtes-vous ?

— Demandez-moi plutôt qui j'étais.

— Qui donc étiez-vous, alors ? dit Scrooge élevant la voix. Pour une ombre, vous êtes bien à cheval sur l'emploi des temps. Il allait dire « l'emploi de votre temps » mais l'autre formule lui parut plus convenable.

— Dans la vie j'étais votre associé, Jacob Marley.

— Pouvez-vous... pouvez-vous vous asseoir ? demanda Scrooge, l'air d'en douter.

— Oui.

— Alors, asseyez-vous.

Scrooge lui avait posé cette question parce qu'il ignorait si un fantôme aussi transparent pouvait prendre une chaise. Il se disait que, dans le cas contraire, l'explication qui s'ensuivrait risquait d'être embarrassante. Mais le fantôme s'assit de l'autre côté de la cheminée avec le plus grand naturel.

— Vous ne croyez pas en moi ?

— Non, dit Scrooge.

— Quelle preuve vous faut-il pour vous convaincre de ma réalité, en plus de l'expérience de vos sens ?

— Je ne sais pas.

— Pourquoi doutez-vous de l'expérience de vos sens ?

— Parce qu'un rien peut les troubler. Une mauvaise digestion les rend trompeurs. Vous êtes peut-être un morceau de bouillie mal digéré, un soupçon de moutarde, une miette de fromage, un bout de pomme de terre mal cuite. Votre présence évoque plus une nuit de bombe que la nuit de la tombe.

Scrooge n'avait guère l'habitude de faire des jeux de mots et d'ailleurs, en cet instant, il n'avait pas le cœur à plaisanter. Le fait est qu'il essayait de faire le malin pour se changer les idées et repousser ses frayeurs car la voix du spectre le glaçait jusqu'à la moelle des os.

Rester à soutenir en silence ce regard vitreux et fixe finirait, se dit Scrooge, par lui faire perdre la tête. Il était épouvantable de constater que le spectre apportait avec lui une sorte d'atmosphère infernale qui formait comme un halo autour de lui. Scrooge ne l'éprouvait pas, se contentant de l'observer. Bien que le fantôme restât parfaitement immobile, ses cheveux, les basques de son habit, les bouts de ses lacets étaient toujours soulevés par un souffle brûlant.

— Vous voyez ce cure-dent ? demanda Scrooge, repassant rapidement à l'attaque pour la raison donnée plus haut, et cherchant, ne serait-ce qu'une seconde, à détourner de sa personne le regard vitreux du fantôme.

— Oui.

— Vous ne regardez pas.

— Mais pourtant je le vois, dit le fantôme.

— Bien. Il suffit que je l'avale et je serai pour le restant de mes jours persécuté par toute une légion de farfadets que j'aurai ainsi engendrés. Des blagues vous dis-je... des blagues !

A ces mots le fantôme poussa un cri effroyable et agita sa chaîne en faisant un bruit si épouvantable et si terrifiant que Scrooge dut se tenir des deux mains à son siège pour s'empêcher de tomber. Mais son horreur fut encore plus grande quand le fantôme, ayant retiré la bande de tissu qui lui entourait la tête comme s'il faisait trop chaud pour la garder à l'intérieur, Scrooge vit sa mâchoire inférieure s'affaisser sur sa poitrine !

Scrooge se jeta à genoux et enfouit son visage dans ses mains.

— Pitié, cria-t-il, apparition redoutable. Pourquoi me persécutez-vous ?

— Homme qui ne croit qu'aux choses de ce monde matériel, répliqua le fantôme, crois-tu en moi, oui ou non ?

— Oui, dit Scrooge. Comment faire autrement ? Mais pourquoi les esprits courent-ils le monde et pourquoi s'en prendre à moi ?

— Il est demandé à chacun de tourner l'esprit qui est en lui vers ses semblables et d'aller sans relâche à la rencontre de son prochain. Lorsque l'esprit ne l'a pas fait pendant la vie terrestre de l'homme, il est condamné à le faire dans l'au-delà. Il doit alors errer de par le monde — oh! pauvre de moi — et tout voir sans jamais intervenir alors qu'il aurait pu partager de son vivant et que cela lui aurait donné du bonheur. De nouveau, le spectre poussa un cri lamentable, secoua sa chaîne et tordit ses mains spectrales.

— Vous êtes chargé de chaînes, lui dit Scrooge tremblant, dites-moi pourquoi.

— Je porte la chaîne que j'ai forgée de mon vivant, répondit le fantôme. Je l'ai fabriquée maillon par maillon, mètre après mètre. Je m'en suis chargé par choix délibéré, et c'est par choix délibéré que je l'ai portée. Les pièces qui la composent vous surprennent-elles, vous ?

Scrooge tremblait de plus en plus.

— Ou souhaitez-vous connaître, reprit le fantôme, le poids et la longueur de la formidable chaîne que vous portez vous-même ? Il y a sept ans jour pour jour, un autre soir de Noël, celle que vous portiez était déjà au moins aussi lourde et aussi longue que la mienne. Et vous n'avez depuis cessé d'y travailler. C'est une chaîne impressionnante.

Scrooge jeta un regard furtif sur le sol autour de lui comme s'il s'attendait à se voir entouré de plusieurs dizaines de mètres de câble d'acier, mais il ne vit rien.

— Jacob! implora Scrooge, cher Jacob Marley, dites-m'en davantage. Dites-moi des paroles de réconfort, Jacob.

— Je n'en ai pas, répondit le fantôme. Le réconfort vient d'ailleurs, Ebenezer Scrooge. Il est apporté par d'autres messagers qui s'adressent à des hommes différents de vous. Je ne suis pas libre de dire ce que je voudrais. Je n'ai pas le droit d'en dire beaucoup plus. Il m'est interdit de prendre du repos, de demeurer ou de m'attarder où que ce soit. Mon esprit n'a jamais cherché plus loin que dans notre bureau. Prends garde à ce que je dis !... Quand je vivais, mon esprit ne s'est jamais intéressé à quoi que ce fût d'autre que nos affaires. À rien au-delà du périmètre de notre trou de prêteur sur gages. Et de pénibles voyages m'attendent !

Scrooge avait l'habitude, dès qu'il était préoccupé, d'enfoncer les mains dans les poches de son pantalon. Il le fit alors, toujours à genoux et les yeux baissés, en retournant dans sa tête ce que le fantôme lui avait dit.

— Vous avez dû perdre du temps, Jacob, remarqua Scrooge sur son ton professionnel, mais plus humble et déférent.

— Perdre du temps !

— Mort voilà sept ans, et toujours en mouvement ? dit Scrooge qui commençait à divaguer.

— Tout le temps, dit le fantôme. Ni repos ni répit. Souffrances et remords incessants.

— Vous vous déplacez rapidement ?

— Sur les ailes du vent.

— Vous avez dû en faire du chemin en sept ans.

À ces mots, le fantôme hurla de nouveau et

fit avec ses chaînes un tintamarre si horrible dans le silence de mort de la nuit qu'il aurait mérité d'être condamné pour tapage nocturne.

— Oh! captif enchaîné, fers aux pieds, doublement enchaîné, tu ne connais pas le travail harassant des immortels, puisque cette terre doit devenir éternité avant que tout le bien qu'elle renferme puisse en jaillir. Tu ne sais donc pas qu'un esprit chrétien, dans son petit domaine, quel qu'il soit, trouvera sa vie trop courte pour y exercer sa bonté. Tu ne sais pas que les regrets, si profonds soient-ils, ne rachètent jamais une occasion manquée de faire le bien. C'est ce qui m'est arrivé, oh, oui, j'ai bien perdu ma vie!

— Mais vous avez toujours été habile homme d'affaires, Jacob, balbutia Scrooge qui commençait à se dire que ce discours pouvait s'appliquer à sa propre personne.

— Les affaires! hurla le fantôme en se tordant de nouveau les mains. L'espèce humaine, voilà quelle était mon affaire. C'était le bien commun, mon affaire, la charité, la pitié, la miséricorde, la tolérance et la bienveillance, voilà ce qu'étaient mes affaires. Mes transactions commerciales n'étaient qu'une goutte d'eau dans le vaste océan de ce dont j'aurais dû me préoccuper.

Le fantôme tint sa chaîne à bout de bras comme si elle était la cause de son désespoir inutile puis la projeta violemment à ses pieds.

— C'est à cette époque que chaque année je souffre le plus, dit le spectre. Pourquoi ai-je donc côtoyé mes frères les hommes, les yeux baissés sans jamais les tourner vers l'étoile bénie qui guida les Rois mages jusqu'à ce pauvre logis ? N'y avait-il pas des malheureux, vers qui sa lumière aurait pu me conduire, moi aussi ?

Scrooge était consterné d'entendre de tels propos et il se mit à trembler violemment.

— Écoutez-moi, dit le fantôme. Je n'en ai plus pour longtemps.

— J'écoute, dit Scrooge. Mais épargnez-moi. Abrégez votre discours, Jacob ! Je vous en prie.

— Je suis incapable de comprendre pour quelle raison je vous apparais sous une forme visible. Je suis resté invisible à vos côtés des jours entiers.

Ce n'était pas une nouvelle réjouissante. Scrooge frissonna et s'épongea le front.

— Ce n'est pas la partie la plus facile de ma pénitence, continua le fantôme. Je suis ici ce soir pour vous avertir que vous avez cependant encore la chance et l'espoir d'échapper à mon sort. Et cela, grâce à moi, Ebenezer.

— Vous avez toujours été bon pour moi, dit Scrooge. Merci !

— Vous recevrez la visite de trois esprits.

La physionomie de Scrooge se décomposa jusqu'à rivaliser avec celle du fantôme.

— Est-ce là l'espoir et la chance dont vous parlez, Jacob ? demanda-t-il d'une voix blanche.

— Oui.

— Je crois que je préférerais être dispensé de ces visites, dit Scrooge.

— Sans elles, vous ne pouvez espérer échapper à un destin semblable au mien. Attendez-vous à voir le premier esprit dès demain, à une heure sonnante.

— Ne pourrais-je les voir tous à la fois et en avoir fini une bonne fois, Jacob ? hasarda Scrooge.

— Attendez-vous à voir le deuxième la nuit suivante à la même heure, et le troisième la nuit d'après, quand le dernier coup de minuit aura sonné. N'espérez plus me revoir et veillez, dans votre propre intérêt, à vous souvenir de ce qui s'est passé entre nous !

Ayant dit, le spectre prit le mouchoir qu'il avait posé sur la table et le remit. Scrooge s'en rendit compte au bruit sec que firent les dents quand la bande de tissu serré fit claquer les mâchoires l'une contre l'autre. Il se risqua à lever les yeux et vit son visiteur surnaturel qui se dressait devant lui, portant sa chaîne enroulée sur le bras.

L'apparition partit à reculons. À chaque pas du spectre, la fenêtre s'entrebâillait de plus en plus si bien que, lorsqu'il l'atteignit, elle était grande ouverte. Il fit signe à Scrooge d'approcher. Il obéit. Quand ils ne furent plus qu'à deux pas l'un de l'autre, le fantôme de Marley leva la main pour ordonner à Scrooge de s'arrêter. Scrooge s'immobilisa.

Moins par obéissance qu'en raison de sa surprise et de sa peur. Car, quand le fantôme leva la main, Scrooge entendit des bruits étranges dans les airs. C'étaient des cris discordants, des lamentations, des gémissements, des regrets lugubres de créatures qui se reprochaient leur conduite passée. Après avoir écouté un instant ces plaintes, le spectre se joignit à ce chœur lamentable et s'évanouit dans la nuit noire et sinistre.

Scrooge s'approcha de la fenêtre. Rongé par la curiosité, il regarda dehors.

L'air était plein de fantômes qui, pris d'une agitation fébrile, allaient précipitamment de-ci de-là en gémissant. Ils étaient tous chargés de chaînes comme le fantôme de Marley. Certains étaient attachés entre eux par la même chaîne (peut-être s'agissait-il de gouvernements coupables). Aucun n'était libre. Il y en avait là plusieurs que Scrooge avait connus personnellement de leur vivant. Il avait été fort proche d'un vieux fantôme en gilet blanc qui portait attaché à la cheville un monstrueux coffre-fort en fer et qui se lamentait de ne pouvoir secourir une pauvre malheureuse qu'il voyait sur terre, un nourrisson dans les bras, assise sur le pas d'une porte. Il était clair que la détresse de tous ces fantômes tenait à ce qu'ils essayaient d'intervenir pour faire le bien dans les affaires des hommes et qu'ils en avaient à jamais perdu le pouvoir.

Ces créatures s'évanouirent-elles comme une vapeur, ou bien furent-elles ensevelies par le brouillard ? Scrooge n'aurait su le dire mais elles disparurent en même temps que s'éteignirent leur voix et la nuit redevint ce qu'elle avait été quand il était rentré chez lui.

Scrooge ferma la fenêtre et inspecta la porte par laquelle le fantôme était entré. Elle était fermée à double tour comme il l'avait laissée et pas un verrou n'avait bougé. Il essaya de dire « Des blagues » mais ne put aller au-delà de la première syllabe. Et comme, après les émotions qu'il avait eues, ou la fatigue de sa journée, ou cette vision fugitive du monde invisible, ou la pénible conversation du fantôme, ou en raison de l'heure tardive, Scrooge éprouvait un grand besoin de repos, il alla se coucher directement sans se déshabiller et, aussitôt dans son lit, s'endormit.

Deuxième mouvement

LE PREMIER DES TROIS ESPRITS

Quand Scrooge se réveilla, il faisait si sombre qu'en regardant autour de lui, il eut du mal à distinguer la fenêtre. Ses yeux de lynx tentaient de percer l'obscurité quand les cloches d'une église proche firent retentir leur quatre carillons. Scrooge tendit l'oreille se demandant quelle heure allait sonner.

À sa grande surprise la grosse cloche ne s'arrêta ni après six coups ni après sept coups mais continua d'égrener les heures. Scrooge compta jusqu'à douze. Minuit ! Je me suis couché un peu après deux heures. L'horloge s'est trompée. Un glaçon a dû coincer la mécanique. Minuit !

Il actionna le ressort de sa montre à répétition qui sonnait les heures pour remettre à sa place cette horloge parfaitement ridicule. Sa montre fit tinter douze petits coups pressés et se tut.

— Comment ? Je n'ai pas pu dormir sans me

réveiller toute une journée et jusqu'à une heure avancée de la nuit suivante. Serait-il arrivé quelque chose au soleil ? N'est-il que midi ?

Comme cette idée l'effrayait, il sauta de son lit et se dirigea à tâtons vers la fenêtre. Il dut enlever le givre avec la manche de sa robe de chambre avant de voir quoi que ce soit. Et même alors, il ne discerna pas grand-chose. Il y avait toujours beaucoup de brouillard, il faisait très froid, et on ne percevait pas un bruit. Rien de comparable à l'agitation, au tohu-bohu qu'on aurait entendu à coup sûr, si la nuit l'avait emporté sur le jour et régnait sur le monde. Scrooge en fut grandement soulagé car, s'il n'y avait plus moyen de compter les jours, les « paiements à vue » et « traites à l'ordre de M. Scrooge payables à cette date » auraient eu à peu près autant de valeur que les assignats.

Il était très troublé par le fantôme de Marley. Chaque fois qu'il finissait par se convaincre, après mûre réflexion, que tout cela n'était qu'un rêve, son esprit faisait brusquement volte-face et, comme par un mécanisme à ressort, revenait au début et il devait à nouveau résoudre le même problème : « S'agissait-il d'un rêve ou non ? »

Cela dura encore trois quarts d'heure scandés par les tintements des carillons et soudain Scrooge se souvint que le fantôme lui avait annoncé une première visite sur le coup d'une heure. Il décida d'attendre dans son lit que l'heure ait sonné et, comme il lui était aussi impossible de se rendormir que d'aller droit au paradis, c'était peut-être ce qu'il pouvait faire de mieux.

Ce quart d'heure lui parut si long qu'il crut à plusieurs reprises s'être endormi sans se rendre compte qu'il avait laissé passer l'heure. À la longue, le carillon se mit à retentir.

— Ding, dong !

— Le quart, dit Scrooge comptant les coups.

— Ding, dong !

— La demie.

— Ding, dong !

— Les trois quarts.

— Ding, dong !

— C'est l'heure, et il ne se passe rien dit Scrooge triomphalement.

Il avait parlé avant que n'eût résonné la grosse cloche qui sonnait les heures. Elle lança un unique coup, grave, sombre et triste, DÔÔÔNNG ! Aussitôt, un éclair embrasa la pièce et les rideaux du lit s'ouvrirent.

Et ce fut une main, je vous le dis, qui les ouvrit. Non pas les rideaux au pied ou à la tête du lit, mais ceux-mêmes vers lesquels Scrooge était tourné. Ils s'ouvrirent et Scrooge se retrouva à demi dressé face à face avec le visiteur surnaturel qui tirait ces rideaux, aussi près de lui que je le suis maintenant de toi, lecteur, moi qui, en pensée, me tiens à ton côté.

Ce visiteur était un curieux personnage qui avait l'air d'un enfant. Non, pas vraiment un enfant, mais un très vieux monsieur aperçu à travers une lunette surnaturelle qui donnait l'illusion de l'éloignement et l'avait ainsi rétréci à la taille d'un enfant. Ses cheveux, qu'il portait long dans le cou et jusque sur les épaules, étaient blancs comme ceux d'un vieillard, mais pourtant, le visage était lisse et sans rides et le teint avait un éclat et un velouté incomparables. Les bras, longs et vigoureux, paraissaient, ainsi que les mains, d'une poigne peu ordinaire. Les pieds et les jambes d'une forme parfaite étaient nus, comme les bras. Il portait une tunique d'un blanc éclatant, serrée à la taille par une superbe ceinture soyeuse et brillante. Il tenait à la main une branche de houx vert et la guirlande de fleurs d'été qui bordait son vêtement contrastait curieusement avec cet emblème de l'hiver. Mais le plus curieux était la vive lumière qui rayonnait du sommet de sa tête et éclairait toute sa personne. Cela expliquait que, quand il était triste, ce personnage se servait d'un grand éteignoir en guise de bonnet. Pour l'instant, il tenait l'éteignoir sous le bras.

Pourtant, comme Scrooge s'en aperçut quand il eut quelque peu retrouvé son aplomb, même cela n'était pas ce qu'il y avait de plus étonnant en lui. En effet, le plus surprenant était de constater que toute sa personne apparaissait et disparaissait tour à tour. Et aussi telle ou telle partie de sa superbe ceinture tantôt s'illuminait, jetait des feux et n'était que lumière, tantôt devenait sombre. Par moments, il semblait n'avoir qu'un bras ou une jambe pour aussitôt après en avoir vingt. On voyait deux jambes et pas de corps, puis soudain une tête toute seule, et ces parties du corps semblaient se dissoudre dans la profondeur des ténèbres, et s'évanouissaient sans laisser la moindre trace, pas même le souvenir de leur contour. Et, alors qu'on était frappé de stupeur par ce phénomène, on voyait brusquement réapparaître le personnage, plus distinct et plus clair que jamais.

— Êtes-vous, monsieur, l'esprit dont la visite m'a été annoncée ? demanda Scrooge.

— Oui, c'est moi.

La voix, douce et aimable, était étrangement basse comme si elle venait de loin et non du corps qui était si près de Scrooge.

— Qu'êtes-vous ? Qui êtes-vous ?

— Je suis l'esprit des Noëls passés.

— Passés depuis longtemps ? demanda Scrooge qui avait remarqué la toute petite taille du fantôme.

— Non, des Noëls de ton passé.

Peut-être si on le lui avait demandé, Scrooge aurait-il été incapable de dire pourquoi, mais il souhaitait vivement ne plus voir l'esprit nu-tête et il le pria de mettre son bonnet.

— Comment ! s'exclama le fantôme. Tu voudrais, de ces mains humaines, éteindre si vite la lumière que je dispense ? Il ne te suffit pas de faire partie de ceux dont les passions terrestres et matérielles ont fabriqué ce chapeau et qui m'obligent à longueur d'année à le porter si bien enfoncé sur la tête !

Scrooge nia respectueusement toute intention de blesser son interlocuteur. Il n'avait jamais, à sa connaissance, délibérément *coiffé* l'esprit. Enfin, il prit sur lui de demander au fantôme ce qui l'avait amené.

— Ton bien !

Scrooge se dit très obligé, mais il ne pouvait s'empêcher de songer qu'une bonne nuit de repos ininterrompu aurait été plus efficace. L'esprit dut l'entendre car il dit aussitôt.

— Ton rachat, en ce cas. Et prends garde !

De sa main puissante, l'esprit saisit doucement le bras de Scrooge.

— Lève-toi et viens avec moi.

Il eût été parfaitement inutile à Scrooge de prétexter que ni l'heure ni le temps n'invitaient à la promenade, que son lit était bien chaud et que le thermomètre était descendu nettement au-dessous de zéro, qu'il ne portait qu'un bonnet de nuit et une robe de chambre légère, n'était chaussé que de pantoufles et qu'avec tout cela il souffrait d'un rhume. L'étreinte de l'esprit, bien qu'elle fût douce comme la pression d'une main de femme n'était pas de celles auxquelles on résiste. Scrooge se leva, mais, quand il vit l'esprit se diriger vers la fenêtre, il s'accrocha à sa tunique et le supplia.

— Je suis un mortel, moi, et je crains les chutes.

— Laisse-moi te toucher ici, dit l'esprit en lui posant la main sur le cœur, et tu seras capable d'affronter bien d'autres épreuves.

À peine eut-il prononcé ces mots qu'ils eurent traversé le mur et se retrouvèrent sur une route en pleine campagne au milieu des champs. La ville avait entièrement disparu. Il n'en restait pas le moindre vestige. L'obscurité et le brouillard s'étaient dissipés en même temps que la ville et il faisait un beau temps d'hiver froid, sec et lumineux. Le sol était couvert de neige.

— Grands dieux, s'exclama Scrooge qui joignit les mains en regardant autour de lui. C'est ici que j'ai été élevé ! Ici que j'ai passé ma jeunesse.

L'esprit le contempla avec bonté. La douce pression de sa main, si brève et légère qu'elle ait été, semblait encore sensible au vieillard. Il sentait des milliers de parfums dans l'air et chacun évoquait pour lui des milliers de pensées, d'espoirs, de joies et de soucis oubliés depuis longtemps !

— Ta lèvre tremble, dit le fantôme. Et qu'as-tu sur la joue ?

Scrooge marmonna avec une difficulté inhabituelle chez lui que c'était un bouton et pria le fantôme de le conduire où bon lui semblerait.

— Tu te souviens du chemin ?

— Et comment ! dit Scrooge avec ferveur. Je pourrais le suivre les yeux fermés.

— Comme il est étrange que tu l'aies oublié pendant si longtemps ! Continuons.

Ils avancèrent et Scrooge reconnaissait tout, les barrières, les poteaux, les arbres. Une petite ville apparut au loin avec son pont, son clocher et sa rivière qui serpentait. On voyait maintenant des poneys, à long poil ébouriffé, montés par de jeunes garçons, qui trottaient à leur rencontre. Les cavaliers hélaient d'autres enfants dans des charrettes et des carrioles rustiques conduites par des fermiers. Tous ces enfants débordaient d'allégresse et leurs appels emplissaient la campagne d'une si joyeuse musique que l'air vif et piquant en riait.

— Ce ne sont que les ombres d'êtres et de choses du passé, dit le fantôme. Ils ne nous voient pas.

Les joyeux voyageurs se rapprochaient et Scrooge les reconnaissait au passage. Leurs noms lui revenaient en mémoire. Pourquoi son œil froid s'allumait-il, pourquoi son cœur bondissait-il dans sa poitrine à les voir ainsi passer ? Pourquoi était-il si heureux de les entendre se lancer des « Joyeux Noël » quand ils se quittaient à la croisée des routes ou à l'embranchement des chemins de traverse pour rentrer chacun chez soi ? Après tout qu'était donc Noël pour Scrooge ? Qu'avait-il à faire de Noël ? Au diable, les « Joyeux Noëls ! » Que lui avaient-ils jamais apporté ?

— L'école n'est pas complètement vide, dit le fantôme. Il y reste un enfant solitaire que ses camarades ont abandonné.

Avec un sanglot dans la voix, Scrooge dit qu'il le savait.

Ils quittèrent la grande route par un chemin, dont le souvenir était profondément gravé dans la mémoire de Scrooge, pour se trouver bientôt devant une belle demeure au toit couronné d'une petite coupole surmontée d'une girouette qui abritait une cloche. C'était une grande maison, mais frappée par la ruine. Ses vastes communs étaient à l'abandon, les murs humides et moussus, les fenêtres brisées et les barrières pourries. Des volailles caquetaient et se pavanaient dans les écuries. La remise à voitures et les hangars disparaissaient sous les herbes folles. L'intérieur, lui non plus, n'avait pas gardé la trace des fastes d'antan et, du lugubre vestibule où ils étaient entrés, par les portes béantes de plusieurs pièces, ils purent voir combien ces vastes appartements étaient froids et mal meublés. L'air avait comme un goût terreux qui, s'ajoutant à la nudité et à l'humidité des lieux, évoquait beaucoup trop de levers à la lueur des bougies et bien trop peu de bons repas.

Le fantôme et Scrooge traversèrent le vestibule pour atteindre une porte, à l'arrière de la maison. Elle s'ouvrit devant eux sur une grande pièce en longueur, nue et triste, dont la désolation était encore accentuée par des rangées de bancs et de pupitres en bois blanc. Installé à une place, un garçon lisait tout seul près d'un maigre feu, et Scrooge se laissa tomber sur un banc et pleura en voyant son pauvre moi oublié, comme il l'avait été autrefois.

Un écho quelque part dans la maison, le cri des souris qui galopaient derrière les boiseries, l'eau à demi gelée tombant goutte à goutte du robinet dans la triste cour de derrière, le gémissement du vent dans les branches dépouillées de l'unique et triste peuplier, le grincement de la porte de l'office battant toute seule, le moindre crépitement du feu, tous ces bruits émurent profondément Scrooge qui s'abandonna aux larmes.

L'esprit lui toucha le bras et désigna ce moi tout jeune, plongé dans sa lecture. Soudain, un homme au costume étranger apparut à la fenêtre, extraordinairement présent et net jusqu'au moindre détail. Une hache à la ceinture, il menait par la bride un âne chargé de fagots.

— Mais c'est Ali Baba ! s'exclama Scrooge en extase. C'est ce bon vieil Ali Baba ! Oui, oui, je me souviens. Une fois, à Noël, quand cet enfant solitaire avait été laissé ici tout seul, il lui est apparu comme ça pour la première fois. Pauvre petit ! Et Valentin et Ourson, son frère mal léché, les voici là-bas ! Et ce petit, là-bas, qui a été déposé tout endormi à la porte de Damas avec juste sa petite culotte, vous le voyez ? Et le serviteur du sultan qui avait été renversé les pieds en l'air par les génies. Le voilà, en équilibre sur la tête ! Bien fait pour lui. Je suis bien content. Il n'avait qu'à ne pas épouser la princesse !

Quel choc pour ses confrères si ils avaient pu l'entendre dire cela avec tout l'enthousiasme dont sa nature était capable et d'une voix très curieuse, entre le rire et les larmes. Et si ils avaient vu son visage animé et tout surexcité !

— Et voici le perroquet, cria Scrooge. Le corps vert, la queue jaune et une touffe comme une salade au sommet de sa tête ! C'est bien lui ! Et quand Robinson revint après avoir fait le tour de l'île, le perroquet l'appela *pauvre Robinson Crusoë*. « Pauvre Robinson Crusoë, d'où reviens-tu, Robinson Crusoë ? » L'homme se dit qu'il rêvait, mais ce n'était pas un rêve. C'était le perroquet. Et là-bas, voilà Vendredi qui court à toutes jambes jusqu'au petit ruisseau ! Hé ! Ho !

Puis, changeant de sujet avec une rapidité très inhabituelle chez lui, Scrooge dit, plaignant son moi d'autrefois : « Pauvre petit ! » Et il pleura de nouveau.

— Je voudrais, murmura Scrooge en plongeant la main dans sa poche et en regardant tout autour de lui après s'être essuyé les yeux d'un revers de manche... Mais il est trop tard, maintenant.

— Que se passe-t-il ? demanda l'esprit.

— Rien, dit Scrooge. Rien. Il y avait hier soir un gamin qui chantait un air de Noël à ma porte. Si seulement je lui avais donné quelque chose !

Le fantôme sourit pensivement, bougea la main et dit qu'ils allaient voir un autre Noël.

Aussitôt, le Scrooge d'autrefois grandit et la pièce devint un peu plus sombre et plus sale. Les lambris se craquelèrent, les fenêtres se fendillèrent, le plâtre du plafond s'écailla, mettant les lattes à nu, mais Scrooge n'aurait su dire par quelle opération cela s'était produit. Il savait seulement que ça venait de se produire et qu'il se retrouvait seul une fois de plus, alors que les autres pensionnaires étaient allés passer de joyeuses vacances chez eux.

Maintenant, il ne lisait plus, mais marchait de long en large désespérément. Scrooge se tourna vers le fantôme et hochant tristement la tête regarda avec inquiétude vers la porte.

Elle s'ouvrit et une fillette, beaucoup plus jeune que le garçon, entra vivement dans la pièce, se jeta à son cou et le couvrit de baisers ne s'interrompant que pour répéter : « Mon frère, mon frère chéri ! »

— Je suis venu te chercher pour te ramener à la maison, mon frère chéri ! dit-elle, frappant ses petites mains l'une contre l'autre et riant de tout son cœur. Te ramener à la maison, à la maison !

— À la maison, petite Fanny ?

— Oui, dit-elle, ivre de joie. À la maison, pour de bon. À la maison, pour toujours, et toujours, et toujours. Père est tellement plus gentil qu'autrefois. La maison est un vrai paradis ! Un soir, au coucher, il m'a parlé si gentiment que je n'ai pas eu peur de lui demander une nouvelle fois si tu pouvais revenir à la maison, et il a dit oui. Il m'a envoyée avec une voiture pour te ramener. Tu vas commencer à travailler ! dit l'enfant ouvrant grand les yeux, et tu ne remettras plus jamais les pieds ici. Mais d'abord, nous allons passer toutes les fêtes de Noël ensemble et être heureux comme des rois.

— Tu es presque une femme, petite Fanny ! s'écria le garçon.

Elle battit des mains, se mit à rire et essaya de lui caresser les cheveux, mais, comme elle était trop petite, elle rit de plus belle et se dressa sur la pointe des pieds pour le serrer dans ses bras. Puis, avec une ardeur toute enfantine, elle l'entraîna vers la porte, et il la suivit, ravi de se laisser faire.

Une voix terrible cria dans le vestibule : « Descendez la malle du jeune M. Scrooge, vous autres ! ». Le directeur de l'école en personne apparut dans le vestibule. Il daigna toiser du regard le jeune M. Scrooge, qui fut terrifié de la poignée de main qu'il lui donna. Il conduisit les enfants à la salle d'honneur la plus glaciale qu'on ait jamais vue, un véritable puits. Même les cartes murales et les globes terrestres dans les embrasures des fenêtres avaient l'air raides de froid. Et là, il exhiba une carafe d'un vin étonnamment léger et un pavé d'une pâtisserie étonnamment lourde, et il infligea une portion de ces douceurs aux jeunes gens. Il avait envoyé un serviteur maigrichon proposer un verre de *quelque chose* au postillon qui fit répondre qu'il remerciait beaucoup monsieur, mais, si c'était du même tonneau que ce qu'il avait déjà goûté, il préférait s'abstenir. Pendant ce temps, la malle du jeune M. Scrooge avait été fixée sur le toit de la voiture et les enfants, bien contents, avaient fait leurs adieux au directeur. Ils montèrent dans la voiture qui s'élança gaiement dans la grande courbe de l'allée du jardin, les roues rapides pulvérisaient la gelée blanche et la neige qu'elles arrachaient au feuillage sombre des ifs et des buis.

— Ce fut toujours un être délicat et sensible qu'un souffle aurait détruit, dit le fantôme. Mais quel cœur elle avait !

— C'est vrai, s'écria Scrooge. Vous avez bien raison et ce n'est pas moi qui vous contredirai, esprit. Dieu m'en garde !

— Elle était mariée quand elle est morte, dit le fantôme, et avait eu, si je ne me trompe, des enfants.

— Un seul, répondit Scrooge.

— Exact, dit le fantôme. Ton neveu !

Scrooge sembla gêné et répondit par un oui fort sec.

Ils venaient tout juste de quitter l'école et ils se trouvaient déjà dans les artères animées d'une ville parcourue en tout sens par des ombres de passants, de charrettes et de voitures se frayant un chemin, et où régnaient toute l'agitation et le bruit d'une vraie ville. La décoration des magasins indiquait clairement que, là encore, c'était Noël. Il faisait nuit et les rues étaient éclairées.

Le fantôme s'arrêta devant la porte d'un vaste magasin et demanda à Scrooge s'il le reconnaissait.

— Le reconnaître ! C'est là que j'ai fait mon apprentissage !

Ils entrèrent. À la vue d'un monsieur coiffé d'un bonnet de laine, installé dans un pupitre tellement haut que, si ce monsieur avait été un rien plus grand, il n'aurait pas manqué de se cogner la tête au plafond, Scrooge s'écria avec ravissement :

— Mais c'est ce bon vieux Fezziwig ! Dieu soit loué. C'est Fezziwig ressuscité !

Le vieux Fezziwig posa sa plume et leva les

yeux vers la pendule qui marquait sept heures. Il se frotta les mains, rajusta son vaste gilet et eut tout le corps, depuis la plante des pieds jusqu'à la bosse de la bienveillance sur son front, secoué d'un bon rire. Il appela bien fort, de sa bonne voix sonore, riche, joviale, aimable :

— Eh ! là-bas, vous autres ! Ebenezer ! Dick !

Le Scrooge d'autrefois, devenu un jeune adulte, entra rapidement suivi de son compagnon d'apprentissage.

— Mais c'est Dick Wilkins ! dit Scrooge au fantôme. Dieu de Dieu, c'est bien lui. Il m'était très attaché, ce pauvre Dick ! Mon Dieu, mon Dieu !

— Allons, allons mes garçons ! dit Fezziwig. Fini le travail pour aujourd'hui. C'est la nuit de Noël, Dick ! La Noël, Ebenezer ! Mettons les volets, s'écria le vieux Fezziwig en frappant dans ses mains, mettons les volets avant même d'avoir le temps de le dire !

Vous auriez peine à croire avec quelle énergie les deux jeunes gens se mirent à l'ouvrage. Ils s'élancèrent dans la rue au pas de charge avec les volets... Un, deux, trois... Les voilà en place... Quatre, cinq, six, la barre de fer et les verrous sont mis... Sept, huit, neuf... les voilà revenus, soufflant comme des bœufs, avant qu'on ait pu compter jusqu'à douze.

— Olé ! dit le vieux Fezziwig dégringolant de son pupitre avec une agilité prodigieuse. Débarrassez-moi tout ça, mes garçons, et faisons beaucoup de place ! Allez Dick ! De l'énergie, Ebenezer !

Débarrasser ! Il n'y avait rien qu'ils auraient refusé de débarrasser, rien qu'ils n'auraient pu débarrasser, sous la conduite du vieux Fezziwig. En une minute, ce fut expédié. Tout ce qui pouvait se déplacer fut emballé et disparut comme dans une trappe. Le sol balayé et arrosé, la mèche des lampes ajustée, le feu regarni, le vaste entrepôt devint la salle de bal la plus accueillante, la plus chaude, la plus agréable, la mieux éclairée qu'on pouvait souhaiter par une nuit d'hiver.

Puis on vit arriver un violoniste, partition sous le bras. Il escalada le grand pupitre qu'il transforma aussitôt en orchestre et se mit à accorder son instrument. Les sons qu'il produisait évoquaient une cinquantaine de crampes d'estomac. Puis on vit arriver Mme Fezziwig qui semblait n'être qu'un vaste sourire. Puis les trois demoiselles Fezziwig, rayonnantes et aimables. Puis les six jeunes galants dont elles brisaient le cœur. Puis toutes les jeunes employées et tous les jeunes commis de la maison de commerce. Puis ce fut le tour de la bonne accompagnée par son cousin, le boulanger. Et puis celui de la cuisinière, avec le meilleur ami de son frère, le laitier. Et puis celui du garçon d'en face dont on craignait qu'il ne fût pas particulièrement bien nourri par son maître, tâchant de se cacher derrière la petite bonne des voisins qui, cela on le savait, s'était fait tirer les oreilles par sa maîtresse. Ils entrèrent tous à la queue-leu-leu, certains timidement, d'autres pleins d'assurance, ceux-ci avec grâce, ceux-là tout gauches, les uns poussant, les autres tirant. Mais, de toutes les façons, ils entrèrent. Et ils s'élancèrent tous, vingt couples à la fois. Les bras ployés. On repart! Et on revient et on recommence! On tourne encore et on s'arrête! Ils tournoyaient, se regroupant par affinités. Le couple qui avait mené la danse se trompait toujours au moment de céder sa place au suivant qui s'élançait jusqu'à ce que la danse fut conduite par tous les couples à la fois et qu'il n'y ait plus personne à guider. Quand on en fut arrivé là, le vieux Fezziwig applaudit pour arrêter les danseurs et les acclama tandis que le violon plongeait son visage tout empourpré dans une chope de bière brune qui l'attendait. Mais, quand il en émergea, il ne manifesta que mépris pour le repos et il repartit de plus belle bien que les danseurs ne fussent pas encore prêts. On eût dit que ce n'était plus le même homme, comme si son prédécesseur avait été emporté chez lui à bout de force, étendu sur un volet en guise de civière. Et il le remplaçait, avec la ferme intention de faire encore mieux que le précédent, dût-il y rester.

On exécuta de nouvelles danses. Il y eut des parties de gages, encore des danses, et puis un gâteau, et du vin chaud et aussi un énorme pot-au-feu et un non moins énorme plat de viande froide et des petits pâtés et des litres de bière. Mais le clou de la soirée, ce fut quand, après le rôti et le bouilli, le violon (Un rusé, c'est moi qui vous le dis! Le genre d'homme qui s'y connaissait et n'aurait eu que faire de nos conseils...) se mit à jouer l'air de Sir Roger de Coverley. Alors le vieux Fezziwig empoigna Mme Fezziwig et mena la danse ce qui n'était pas un mince travail avec vingt-trois ou vingt-quatre couples à guider. Et pas des couples qui prenaient la danse à la légère mais des gens qui savaient ce que danser veut dire et ne confondaient pas un bal avec une petite promenade digestive.

Mais quand bien même ils eussent été deux fois plus nombreux, que dis-je ? quatre fois plus nombreux, le vieux Fezziwig ne craignait personne, pas plus que Mme Fezziwig d'ailleurs. Pour ce qui est de Mme Fezziwig, elle était à tout point de vue la digne partenaire de son mari. Si vous connaissez un plus beau compliment, n'hésitez pas à me le dire et je le reprendrai à mon compte. Les mollets de Fezziwig semblaient rayonner de lumière. Ils envoyaient de tels feux à chaque figure de la danse qu'on aurait dit des croissants de lune. À chaque instant, on pouvait prévoir très exactement où ils seraient l'instant suivant. Et, quand le vieux Fezziwig et madame eurent exécuté toutes les figures prescrites — avancez puis reculez, prenez la main de votre cavalière, saluez et faites la révérence, le tire-bouchon et le fil et l'aiguille pour enfin reprendre votre place —, Fezziwig exécuta un entrechat si adroit et si rapide qu'il donna l'impression de faire comme un clin d'œil avec ses jambes avant de retomber sur ses pieds, droit comme un I.

Quand l'horloge sonna onze heures, ce bal

familial prit fin. M. et Mme Fezziwig allèrent se placer de chaque côté de la porte et saluèrent successivement chacun des invités à qui ils serrèrent la main et souhaitèrent un joyeux Noël à leur tour, tandis que les joyeux éclats de voix se perdaient au loin. Puis ils laissèrent les jeunes gens à leur lit, dissimulé derrière un comptoir dans l'arrière-boutique.

Pendant toute la durée de cette scène, Scrooge s'était comporté comme quelqu'un qui aurait perdu la raison. De toute son âme, de tout son cœur, il avait participé au spectacle comme s'il avait retrouvé son moi d'autrefois. Il confirmait tout, se souvenait de tout, en tirait du plaisir et était en proie à une fort curieuse agitation. Alors, et alors seulement, lorsque les visages radieux de Dick et de son moi du temps passé se détournèrent, il se souvint de la présence de l'esprit et sentit qu'il le regardait avec insistance tandis que la lumière rayonnait intensément du sommet de sa tête.

— Voilà bien peu de choses, dit l'esprit, pour faire éprouver tant de gratitude à ces braves gens.

— Bien peu de choses ! s'exclama Scrooge.

L'esprit lui fit signe d'écouter ce que disaient les deux apprentis qui ne cessaient de faire un éloge chaleureux de Fezziwig. Quand Scrooge eut écouté, l'esprit lui dit :

— Eh bien ? N'est-ce pas peu de choses ? Il n'a dépensé que quelques livres de cet argent mortel, trois ou quatre peut-être. Une si petite somme mérite-t-elle de telles louanges ?

— Ce n'est pas cela qui compte, dit Scrooge que cette remarque irritait, et se mettant inconsciemment à parler comme l'aurait fait son moi d'autrefois et non le Scrooge d'aujourd'hui. Ce n'est pas cela qui compte, esprit. Il est en son pouvoir de nous rendre heureux ou malheureux, de rendre notre tâche légère ou pénible, un plaisir ou, au contraire, un tourment. Disons que son pouvoir réside en un mot, en un regard. Dans des choses si infimes et insignifiantes qu'il est impossible de les additionner et d'en faire la somme. Et après ? Le bonheur qu'il dispense est certainement aussi grand que si cela lui avait coûté une fortune.

Il sentit sur lui le poids du regard de l'esprit et se tut.

— Que se passe-t-il ? demanda le fantôme.

— Rien de spécial.

— Il me semble pourtant... insista le fantôme.

— Non, dit Scrooge, non. J'aimerais seulement avoir la possibilité de dire quelques mots à mon employé, là, maintenant ! C'est tout.

Son moi d'autrefois baissa la mèche de la lampe pendant qu'il formulait ce vœu. Scrooge et le fantôme se retrouvèrent l'un près de l'autre, au grand air.

— Il ne me reste que peu de temps, fit observer l'esprit. Vite !

Cette remarque ne s'adressait pas à Scrooge ni à aucun être visible, mais elle fut immédiatement suivie d'effet. Scrooge se revit. Cette fois, il était plus âgé. Un homme dans toute la force de la jeunesse. Son visage n'était pas marqué par les rides et les traits durcis de la maturité mais commençait déjà à porter les stigmates du souci et de l'avarice. Il y avait une mobilité inquiète dans le regard impatient et cupide qui trahissait la passion qui avait germé en lui et on pouvait déjà deviner où, quand il aurait grandi, l'arbre de cette passion porterait son ombre.

Il n'était pas seul mais, assise à son côté, se trouvait une belle jeune fille en deuil. Ses yeux pleins de larmes brillaient dans la lumière que répandait l'esprit des Noëls passés.

— Cela importe peu, dit-elle d'une voix douce. Pour toi, très peu. Une nouvelle idole m'a supplantée et si elle est capable de te donner à l'avenir le réconfort et la joie que j'aurais essayé de t'apporter, je n'ai aucune raison d'en éprouver du chagrin.

— Quelle idole t'a supplantée ?

— Une idole dorée.

— Voilà bien la justice de ce monde ! Il n'y a rien qu'il ne traite aussi mal que la misère, et il n'y a rien qu'il ne condamne avec autant de sévérité que la recherche de la richesse !

— Tu crains trop l'opinion du monde, répondit-elle doucement. Toutes tes autres espérances ont fait place à l'espoir d'échapper aux reproches sordides du monde. J'ai vu toutes tes nobles aspirations s'envoler les unes après les autres jusqu'à ce que cette passion dominante, le profit, t'accapare entièrement. Peux-tu dire le contraire ?

— Et après ? Quand bien même je serais

devenu plus lucide, je n'ai pas changé à ton égard.

Elle fit non de la tête.

— Ai-je changé ?

— Il y a longtemps que nous nous sommes promis l'un à l'autre. Nous l'avons fait quand nous étions tous deux pauvres et savions nous satisfaire de notre pauvreté en attendant le jour qui finirait bien par arriver où nous aurions eu un peu de bien-être, grâce à notre travail. Tu es changé. Quand nous nous étions promis l'un à l'autre, tu étais un homme différent.

— J'étais un enfant, dit-il avec impatience.

— Tu sais bien au plus profond de toi que tu n'es plus ce que tu étais. Je n'ai pas changé. Ce qui nous promettait le bonheur quand un seul cœur battait dans nos deux poitrines est gros de malheur, maintenant que nous sommes différents. Je ne te dirai pas combien de fois j'y ai réfléchi, réfléchi profondément. L'important est que je l'ai fait et que je te rende ta liberté.

— Ai-je jamais demandé que tu me la rendes ?

— Jamais en mots, non.

— De quelle façon alors ?

— Par le changement de ta nature. Par la transformation de ton esprit. Par cette façon nouvelle d'envisager la vie. Par une nouvelle forme d'espérance comme fin essentielle de la vie. Tout ce qui a jamais conféré pour toi quelque valeur à l'amour que tu éprouvais pour moi a changé. S'il n'y avait jamais eu cette parole donnée, dit la jeune fille en le regardant avec douceur mais fermeté, dis-moi, chercherais-tu ma compagnie et tenterais-tu de me conquérir aujourd'hui ? Bien sûr que non !

Il sembla céder malgré lui devant la pénétration de cette intuition. Mais il fit un effort pour répondre.

— Tu penses que non.

— J'aimerais bien volontiers pouvoir penser différemment, dit-elle. Le Ciel m'en est témoin ! Mais maintenant, j'ai découvert cette vérité, je sais qu'elle est juste et irrésistible. Si tu étais libre aujourd'hui, hier ou demain, puis-je croire que tu irais choisir une fille sans dot, toi qui, même lorsque tu te confies à elle pèses, tout en termes de profit ? Et si, dans un moment d'égarement, tu cessais un instant d'être fidèle à ta nouvelle et unique règle de vie, et que tu l'épouses, je sais bien que tu ne manquerais pas de t'en repentir bien vite et de le regretter. C'est pourquoi je te rends ta liberté de tout cœur en souvenir de l'amour qu'a éprouvé celui que tu as été.

Il allait parler, mais, détournant les yeux, elle reprit.

— Il est possible que tu en éprouves de la peine. Le souvenir du passé me fait à demi espérer que tu en auras. Mais cette peine ne durera que peu de temps et tu en chasseras avec joie le souvenir comme un rêve vain dont tu as eu bien de la chance de te réveiller. Puisses-tu être heureux dans la vie que tu as choisie !

Elle le quitta et ils se séparèrent pour toujours.

— Esprit, dit Scrooge, ne m'en montre pas

davantage ! Ramène-moi chez moi. Pourquoi te délectes-tu à me torturer ?

— Encore une vision, une seule ! s'écria le fantôme.

— Non, hurla Scrooge. Non, non ! Je refuse de la voir ! Ne me montre plus rien.

Mais le fantôme inexorable le tint fermement dans ses bras et le força à observer ce qui se produisit ensuite.

La scène était différente et se passait ailleurs. C'était une pièce ni très spacieuse ni très belle, mais très accueillante. Au coin du feu, était assise une belle jeune fille qui ressemblait tant à la précédente que Scrooge crut qu'il s'agissait d'elle jusqu'au moment où il vit celle qu'il avait quittée, devenue une aimable mère de famille, assise en face de sa fille. Le tumulte qui emplissait la pièce était prodigieux car il y avait là plus d'enfants que Scrooge, étant donné l'agitation de son esprit, ne pouvait en compter. Et, contrairement à la troupe bien connue de la fable, il n'y avait pas quarante enfants se conduisant tous comme un seul, mais, au contraire, chaque enfant en valait bien quarante. Il en résultait un charivari incroyable, mais personne ne semblait s'en soucier. Au contraire, la mère et la fille riaient de bon cœur et y prenaient un grand plaisir, et cette dernière se mêlant à la partie fut impitoyablement malmenée par les jeunes brigands. Que n'aurais-je pas donné pour être des leurs ! Pourtant jamais je n'aurais, non jamais, pu être aussi brutal ! Non, vraiment, pour tout l'or du monde, jamais je n'aurais écrasé et défait cette tresse de cheveux ! Quant à cette charmante petite chaussure, jamais je ne l'aurais arrachée, Dieu m'en garde ! En fût-elle allé de ma vie ! Et pour ce qui est de la prendre par la taille et de jouer à la mesurer comme le firent ces petits chenapans effrontés, jamais je n'aurais osé le faire. J'aurais craint de voir pour punition mon bras encercler cette taille et rester à jamais recourbé. Et pourtant, je dois bien l'avouer, combien j'aurais aimé sentir la pression de ses lèvres et par une question amener la belle à les entrouvrir. Comme j'aurais aimé regarder ses cils quand elle baissait les yeux sans jamais la faire rougir. Comme j'aurais aimé libérer les boucles de son abondante chevelure dont une petite mèche aurait été un trésor sans prix. Bref, j'aurais bien aimé, je le confesse, l'entière liberté d'un enfant tout en étant suffisamment homme pour en savoir le prix.

Mais voilà qu'on entendit frapper à la porte, et il s'ensuivit aussitôt une telle ruée que la belle au visage souriant et au vêtement saccagé se retrouva emportée au cœur d'un tourbillon d'enfants déchaînés, juste à temps pour accueillir le père qui arrivait accompagné d'un homme chargé de jouets et de cadeaux de Noël. Ce porteur sans défense se trouva aussitôt au centre d'une bousculade tapageuse. On grimpait sur des chaises pour l'escalader et atteindre ses poches qu'on pillait, pour le dépouiller des paquets enveloppés de papier. On se pendait à sa cravate, on le prenait par le cou, on lui donnait des tapes dans le dos, on lui donnait des coups de pied dans les jambes, tout cela par débordement d'affection ! Et quels cris d'étonnement et de joie quand les paquets furent ouverts ! Et quelle angoisse quand on apprit que bébé avait été vu au moment où il s'enfournait dans la bouche la poêle à frire d'une dînette de poupée, et quand on craignit qu'il n'eût avalé une dinde en carton collée sur un plat en bois ! Et quel soulagement quand on s'aperçut que ce n'était qu'une fausse alerte ! Quelle joie, quelle gratitude, quelle extase ! Rien ne saurait les décrire. Qu'il suffise de dire que, peu à peu, les enfants sortirent du salon, emportant avec eux leurs émotions et, marche après marche, gravirent l'escalier conduisant à leurs chambres où ils se couchèrent, retrouvant enfin le calme.

Ce fut alors que Scrooge observa la scène avec plus d'attention encore. Le maître de maison s'assit au coin du feu entre la mère et sa fille qui s'était pelotonnée affectueusement contre lui. Quand Scrooge se dit qu'une autre créature en tout point semblable à elle, aussi gracieuse et pleine de promesse, aurait pu l'appeler père et être un printemps dans l'hiver blafard de sa vie, son regard s'embua étrangement.

— Belle, dit le mari s'adressant à sa femme avec un sourire, j'ai vu une de tes anciennes connaissances cet après-midi.

— Qui cela ?

— Devine.

— Comment pourrais-je? Mais si! Je sais, ajouta-t-elle sans reprendre son souffle, et riant autant que lui. M. Scrooge.

— C'était bien M. Scrooge. Je suis passé devant la fenêtre de son bureau et, comme c'était encore ouvert et éclairé de l'intérieur, je n'ai pu éviter de le voir. Son associé est, paraît-il, à l'article de la mort. Et lui était là tout seul. Totalement seul au monde à ma connaissance.

— Esprit, dit Scrooge d'une voix brisée, éloigne-moi d'ici.

— Je t'ai dit que tu verrais les ombres de scènes qui se sont produites dans le passé, dit le fantôme. Ce n'est pas à moi qu'il faut en vouloir si elles se sont déroulées ainsi.

— Emmène-moi, dit Scrooge. Je n'en peux plus.

Il fit face au fantôme et, discernant bizarrement dans le visage surnaturel qui le regardait des traits empruntés à tous les visages de ceux qu'il lui avait montrés, Scrooge l'empoigna violemment.

— Laisse-moi! Ramène-moi chez moi. Cesse de me hanter!

Au cours de cette lutte, si l'on peut parler de lutte alors que le fantôme sans opposer de résistance visible restait impassible quels que fussent les efforts de son adversaire, Scrooge remarqua qu'il projetait une lumière de plus en plus brillante. Sentant obscurément que c'était de là qu'il tirait son pouvoir, Scrooge empoigna le bonnet en forme d'éteignoir et l'enfonça prestement sur la tête de l'esprit.

Le fantôme s'affaissa sous l'éteignoir qui le recouvrit entièrement mais, bien que Scrooge appuyât de toutes ses forces, il ne parvint pas à faire disparaître la lumière qui rayonnait par-dessous et répandait ses feux sur le sol.

Scrooge se sentait épuisé et fut pris d'un irrésistible désir de dormir. En outre, il avait conscience d'être dans sa chambre.

Il exerça une dernière pression sur le bonnet et sa main se détendit. Il eut à peine le temps de tituber jusqu'à son lit que déjà il sombrait dans un lourd sommeil.

Troisième mouvement

LE DEUXIÈME DES TROIS ESPRITS

Scrooge, s'éveillant au milieu d'un ronfle-
ment d'une violence prodigieuse, se redressa
sur son lit pour rassembler ses esprits. Il n'eut
pas besoin qu'on lui dise que l'horloge était de
nouveau sur le point de sonner une heure. Il
senta qu'il retrouvait sa lucidité à point nommé,
tout exprès pour affronter le deuxième messa-
ger de Jacob Marley. Comme il remarquait
qu'il était pris de frissons dès qu'il cherchait à
deviner quels rideaux ce nouveau spectre tire-
rait, il décida de les ouvrir tout grands de sa
propre main. Puis il se remit au lit et regarda
autour de lui avec la plus grande attention. Car
il tenait à défier l'esprit dès qu'il se montrerait.
Il ne voulait surtout pas être pris au dépourvu.

Certaines personnes désinvoltes se vantent
d'avoir plus d'un tour dans leur sac et se disent
prêtes à tout. Pour exprimer leur penchant pour
l'aventure, ces gens n'hésitent pas à dire
qu'ils vous tueraient un homme aussi facile-

ment qu'ils joueraient à pile ou face. Entre deux actes aussi opposés, il reste un choix relativement vaste de comportements. Sans aller aussi loin pour Scrooge, je ne craindrai pas de certifier qu'il était prêt à se mesurer avec toute sorte d'apparitions étranges et que rien ne l'aurait étonné, pas plus le spectre d'un bébé que celui d'un rhinocéros.

Pourtant tout en s'attendant presque à tout, il était fort éloigné de ne s'attendre à rien. Aussi, quand l'horloge sonna une heure et qu'il ne vit rien apparaître, il fut pris d'une violente crise de tremblement. Cinq minutes, dix minutes s'écoulèrent. Un quart d'heure et toujours rien. Pendant tout ce temps, il était resté sur son lit, très exactement au centre d'un rougeoiement lumineux qui l'avait environné dès que l'horloge avait sonné. Ce rougeoiement, fait seulement de lumière, était plus inquiétant qu'une douzaine de fantômes car Scrooge était incapable de comprendre ce que cela signifiait et ce qui allait se passer. Par moments, terrifié, il se disait qu'il était peut-être à cet instant précis un cas intéressant de combustion spontanée sans même avoir la consolation de le savoir. Cependant il finit par penser — comme vous et moi l'aurions pensé dès le début, car ce sont toujours ceux qui ne sont pas dans une situation critique qui savent ce qu'il aurait fallu faire et l'auraient sûrement fait — il finit, dis-je, par penser que la source et le mystère de cette lumière spectrale se trouvaient peut-être bien dans la pièce voisine dont elle semblait venir quand on regardait bien. Cette idée s'imposant à lui, Scrooge se leva doucement et se dirigea vers la porte en traînant la savate.

À l'instant où il posait la main sur la poignée, Scrooge fut interpellé par son nom. Une voix inconnue lui ordonnait d'entrer. Il obéit.

C'était bien son logement. Il n'y avait pas de doute possible. Mais il avait subi une transformation étonnante. Murs et plafond étaient décorés d'une telle profusion de verdure qu'on eût dit un bosquet champêtre troué de l'éclat des baies qui brillaient partout. Les feuilles vernissées du houx, du gui et du lierre réfléchissaient la lumière comme autant de minuscules miroirs. Et dans la cheminée, ronflait un énorme feu comme jamais du temps de Scrooge ou de Marley, depuis des années, hiver après hiver, le triste foyer pétrifié n'en avait connu. En piles sur le sol, formant une sorte de trône, s'entassaient dindes, oies, volailles, gibier, terrines, rôtis, cochons de lait, guirlandes de saucisses, pâtés en croûte, puddings de Noël, bourriches d'huîtres, châtaignes grillées, pommes vermeilles, oranges juteuses, poires fondantes, galettes des rois, coupes de punch brûlant, dont la vapeur gourmande embuait la pièce. Et, sur ce trône, un géant hilare était installé bien à l'aise. On se sentait joyeux rien qu'à le regarder. Il brandissait une torche, assez semblable à une corne d'abondance, dont la lumière tomba sur Scrooge qui jetait un coup d'œil furtif de derrière la porte.

— Entre, s'écria l'esprit. Entre et faisons connaissance, mon brave !

Scrooge s'avança timidement et baissa la tête devant l'esprit. Ce n'était plus le Scrooge obstiné qu'on connaissait et, bien que le regard de l'esprit fût clair et bon, Scrooge n'avait guère envie de le rencontrer.

— Je suis l'esprit du Noël d'aujourd'hui, dit le fantôme. Regarde-moi.

Scrooge s'exécuta respectueusement. L'esprit ne portait pour tout vêtement qu'une sorte d'ample tunique vert sombre, bordée de fourrure blanche, si peu ajustée que la large poitrine de l'esprit était nue. Il se souciait peu de cacher sa nudité, encore moins de la protéger par un artifice quelconque. Les pieds qui dépassaient des vastes plis du vêtement étaient nus également. Et il ne portait sur la tête qu'une guirlande de houx où brillaient, çà et là, des cristaux de glace. Il n'y avait rien pour retenir ses longues boucles châtain foncé. Rien pour entraver ou contraindre l'amabilité de l'expression, l'éclat du regard, la paume largement ouverte, la liberté de mouvements, la voix chaleureuse, l'air gai du fantôme. Un fourreau à la mode d'autrefois pendait à sa ceinture, mais il ne contenait pas d'épée et la gaine ancienne était rongée par la rouille.

— Tu n'as jamais rien vu qui me ressemblât, dit l'esprit.

— Non jamais.

— Tu n'as jamais fait la connaissance des plus jeunes membres de ma famille. Je veux dire (car je suis très jeune) la connaissance de mes grands frères, nés ces dernières années? continua le fantôme.

— Je ne pense pas, dit Scrooge. Je crains que non. Avez-vous beaucoup de frères, esprit?

— Plus de dix-huit cents.

— Quelle immense famille à nourrir, marmonna Scrooge.

L'esprit du Noël d'aujourd'hui se leva.

— Esprit, dit Scrooge avec soumission, conduis-moi où bon te semble. La nuit dernière, il a fallu me forcer et ce fut pour moi une bonne leçon dont l'effet se fait maintenant sentir. Cette nuit, si tu as quoi que ce soit à m'enseigner, je suis prêt à en profiter.

— Tiens-toi à mon vêtement.

Scrooge obéit et s'y cramponna.

Houx, gui, baies rouges, lierre, dindes, oies, gibier, volailles, charcuteries, viandes, cochons de lait, saucisses, huîtres, pâtés, desserts, fruits et punch, tout s'évanouit aussitôt. Comme s'évanouirent la pièce et son feu, la lueur rougeâtre, et l'heure avancée de la nuit. Ils se retrouvèrent dans les rues de la ville, le matin de Noël. Comme le froid était vif, les gens faisaient une drôle de musique discordante mais alerte et pas désagréable en râclant la neige des trottoirs devant chez eux et sur les toits des maisons. Des gamins se régalaient à voir ces masses compactes dégringoler dans la rue où elles éclataient et volaient comme de petites tempêtes de neige artificielles.

Les façades des maisons paraissaient particulièrement noires et les fenêtres plus encore, par contraste avec la nappe blanche et lisse des toits et la neige sale des rues. Les lourdes roues des charrettes et des chariots avaient creusé des sillons profonds dans cette neige souillée. Ces sillons s'entrecroisaient plus de cent fois aux principaux carrefours et formaient dans l'épaisse boue jaune et l'eau gelée un réseau de canaux impossible à suivre. Le ciel était triste et noir, et les rues les plus courtes étaient envahies par un brouillard sale et glacé, mi-solide, mi-liquide, dont les particules les plus lourdes tombaient en averses de suie comme si toutes les cheminées de Grande-Bretagne avaient, d'un commun accord, pris feu simultanément et s'étaient laissées dévorer à plaisir par l'incendie. Ni le temps ni la ville n'avaient rien de très gai, et pourtant il y avait partout une bonne humeur et un entrain que le jour d'été le plus radieux, le plus ensoleillé, aurait eu du mal à procurer.

Car ceux qui pelletaient la neige du haut de leur toit étaient joyeux et débordaient d'allégresse. Ils s'appelaient d'un bord à l'autre et se lançaient même parfois une boule de neige facétieuse, missile plus aimable que bien des plaisanteries verbeuses, riant de bon cœur quand ils atteignaient leur cible et de tout aussi bon cœur quand ils la manquaient. Les boutiques des volaillers n'étaient pas encore complètement fermées et celles des marchands de fruits rayonnaient de toute leur splendeur. Il y avait de grandes bannes bourrées à craquer de châtaignes. Leur forme ronde et rebondie rappelaient le gilet de bons vieux messieurs guillerets se prélassant devant chez eux et faisant déborder dans la rue leur rondeur apoplectique. Il y avait de gros oignons d'Espagne, au teint vermeil et rubicond, à la circonférence impressionnante, luisant comme de gros moines espagnols. De leur rayon, ils lançaient des œillades polissonnes aux jeunes passantes avec un regard faussement innocent en direction des bouquets de gui accrochés au-dessus de la porte. Il y avait de grandes pyramides veloutées de poires et de pommes et des grappes de raisin que le marchand, par bienveillance, avait suspendues à des crochets bien en vue pour faire venir l'eau à la bouche des passants sans qu'ils aient à dépenser un sou. Il y avait des montagnes de noisettes moussues et dorées dont le parfum évoquait les flâneries d'antan à travers bois et le bruissement délicieux des feuilles mortes où l'on enfonce jusqu'à la cheville. Il y avait les petites pommes rouge sombre du Norfolk, charnues et trapues, qui faisaient ressortir l'éclat des oranges et des citrons. Avec leur chair serrée et juteuse, elles semblaient dire : « Emportez-moi pour me déguster à la fin du déjeuner. » Quant aux poissons rouges dans leur bocal au centre de ces fruits succulents, bien qu'ils appartiennent à une espèce morose à sang froid, ils avaient l'air de savoir qu'il se passait quelque chose de peu ordinaire et, tous sans exception, tournaient inlassablement, dans leur petit univers en bâillant d'un air à la fois affairé et indifférent.

Et les épiceries ! Ah, les épiceries ! Elles étaient presque fermées. Seuls un volet ou deux n'avaient pas été posés, mais, par ces ouvertures, quel coup d'œil ! Ce n'était pas seulement que les plateaux des balances sonnaient joliment contre le comptoir à chaque pesée, ou que la ficelle quittait son dévidoir avec un fol entrain, ou que les boîtes en fer blanc valsaient comme les balles d'un jongleur, ou même que les arômes des thés et du café mélangés embaumaient, ou qu'il y avait une profusion de merveilleux raisins secs, d'amandes étonnamment blanches, de bâtons de cannelle d'une longueur extraordinaire, d'autres épices délicieuses, les fruits confits étaient enrobés de sirop de sucre au point de donner des accès de faiblesse suivis de troubles hépatiques à l'observateur le plus indifférent. Ce n'était pas non plus que les figues étaient moelleuses et charnues ou que les pruneaux de Tours rougissaient avec une modestie acidulée au fond de leurs boîtes richement décorées, ou que tous ces aliments en tenue de Noël fussent appétissants. Non, ce qu'il y avait d'extraordinaire, ce n'était pas seulement tout cela mais surtout le fait que les chalands étaient si désireux de participer à la promesse d'espérance de ce jour qu'ils se bousculaient dans les portes, cognaient violemment leurs paniers d'osier, oubliaient leurs emplettes sur le comptoir et revenaient précipitamment les chercher et faisaient toutes sortes de bêtises de la meilleure humeur du monde, tandis que l'épicier et ses commis étaient si honnêtes, francs et dispos que les cœurs d'acier poli à l'aide desquels ils attachaient par-derrière leur tablier auraient très bien pu être leur propre cœur porté au vu et au su de toute la clientèle et donnés en offrande à l'esprit de Noël.

Mais bientôt les clochers appelèrent tous ces braves gens à leurs divers cultes et ils s'en allèrent par les rues, tout endimanchés et l'air joyeux. Au même moment, de dizaines de rues transversales, de ruelles et d'impasses anonymes, surgissait une foule de petites gens qui apportaient des plats de volailles et de gratins à faire cuire par le boulanger. L'esprit paraissait s'intéresser tout particulièrement à eux, car il s'arrêta au côté de Scrooge dans la porte d'une boulangerie et se mit à soulever les couvercles des récipients que portaient ces braves gens et, de son flambeau, il aspergea d'encens leurs repas. Et comme ce flambeau avait des vertus très particulières, lorsque à une ou deux reprises, à la suite d'une légère bousculade, des porteurs de repas échangèrent des paroles un peu vives, l'esprit les toucha de quelques gouttes d'eau du bout de son flambeau et aussitôt les querelleurs retrouvèrent leur bonne humeur. Car, dirent-ils, il était honteux de se disputer le jour de Noël. Et ils avaient bien raison ! Dieu sait qu'ils avaient bien raison !

Les cloches finirent par se taire et les boulangeries par fermer et tous ces repas qui cuisaient annonçaient comme une douce promesse de plaisir qui montait dans l'air au-dessus des fours. Là, le trottoir même, dégelé par la chaleur, fumait comme si le pavé en personne était devenu cuisinier.

— Ce qui tombe de ce flambeau a-t-il un parfum particulier ? demanda Scrooge.

— Oui, le mien.

— Convient-il à tous les repas préparés aujourd'hui ?

— À tous ceux qui sont partagés avec amour. Et surtout à ceux des pauvres.

— Pourquoi davantage à ceux des pauvres ?

— Parce que ce sont eux qui en ont le plus besoin.

— Esprit, dit Scrooge après avoir réfléchi quelques instants, je m'étonne que tu éprouves, toi entre tous les êtres venant de la multitude des mondes qui nous entourent, le désir de frustrer ces pauvres gens d'occasions de réjouissance innocente.

— Moi ! cria l'esprit.

— Tu souhaites bien les empêcher de trouver où manger un jour sur sept, et souvent le seul jour de la semaine où ils ont la possibilité de faire un vrai repas, dit Scrooge. Est-ce exact ?

— Moi !

— Tu fais bien fermer les lieux où l'on peut se restaurer le dimanche, dit Scrooge. Ce qui revient au même.

— Moi, je fais cela !

— Pardonne-moi si je me trompe. Mais on

fait cela en ton nom, ou du moins au nom des tiens et de ta famille, dit Scrooge.

— Il y a sur cette terre, répliqua l'esprit, des gens qui prétendent nous connaître et qui se laissent aller à leurs passions, orgueil, méchanceté, haine, jalousie, sectarisme, égoïsme, et tout cela en notre nom. Et ils nous sont aussi étrangers, à nous et aux nôtres, que s'ils n'avaient jamais vu le jour. Souviens-t'en et fais-leur porter la responsabilité de leurs actes plutôt qu'à nous.

Scrooge promit et, toujours invisibles, ils s'enfoncèrent dans les faubourgs de la ville. Le fantôme avait la propriété étonnante (comme Scrooge l'avait remarqué chez le boulanger) de pouvoir, en dépit de sa taille gigantesque, se glisser partout. Même sous un humble toit, il conservait toute la grâce d'un être surnaturel qu'aurait mise en valeur une demeure spacieuse.

Et peut-être fut-ce le plaisir que le brave esprit éprouvait à mettre en valeur ce don particulier, ou bien encore sa nature cordiale, aimable et généreuse et la compassion qu'il ressentait à l'égard des pauvres, qui le conduisit droit chez l'employé de Scrooge. Toujours est-il qu'il s'y rendit, emportant toujours Scrooge accroché à son vêtement. Arrivé sur le seuil de la porte, l'esprit sourit et s'arrêta pour bénir la demeure de Bob Cratchit d'une aspersion de son flambeau. Songez-y un peu ! Bob ne gagnait que quinze shillings, quinze « bob » comme on dit en argot londonien, par semaine. Chaque samedi il ne touchait que quinze de ces pièces qui portent son nom et pourtant le fantôme de Noël bénissait les quatre pièces de sa maison !

On vit alors se lever Mme Cratchit, la femme de Cratchit, modestement endimanchée, portant une robe qui avait déjà été retournée deux fois, mais toute parée de rubans qui ne coûtent pas grand-chose et font beaucoup d'effet pour six pence. Elle mit la nappe, avec l'aide de Belinda Cratchit, la cadette des filles, elle aussi toute parée de rubans, tandis que l'aîné des garçons Cratchit qui plongeait une fourchette dans la casserole de pommes de terre et mordillait les coins de son énorme faux col (qui faisait partie des biens personnels de Bob Cratchit mais qu'il avait légué à son fils héritier pour la fête) se réjouissait de se trouver aussi élégamment vêtu et mourait d'envie d'aller faire l'étalage de son beau linge dans les endroits à la mode. Et voilà que deux Cratchit plus jeunes, un garçon et une fille, entrèrent en trombe, hurlant qu'en passant près de la boulangerie ils avaient senti l'oie et qu'ils avaient reconnu la leur. Perdus dans des pensées somptueuses de farce à la sauge et à l'oignon, ces deux jeunes Cratchit se mirent à danser autour de la table et à chanter les louanges de l'héritier mâle, M. Peter Cratchit, tandis que ce dernier (qui n'était pas fier, bien que son col l'étouffât) soufflait pour attiser le feu jusqu'au moment où les pommes de terre finirent par bouillir et vinrent cogner bruyamment contre le couvercle pour demander à être sorties et pelées.

— Qu'arrive-t-il donc à votre cher père ? dit Mme Cratchit. Et à votre frère, Tout P'tit Tim ? Et Marthe, elle n'était pas si tard l'an dernier pour Noël. Y a au moins une demi-heure qu'elle devrait être arrivée !

— Me voilà, maman ! dit une jeune fille qui arrivait.

— Voilà Marthe, maman ! hurlèrent les deux jeunes Cratchit. Hourrah ! Si tu voyais l'oie qu'on va manger, Marthe...

— Mon Dieu, ma chérie, comme tu es tard ! dit Mme Cratchit qui l'embrassa une douzaine de fois et la débarrassa bien vite de son châle et de son bonnet.

— Nous avons eu beaucoup d'ouvrage à terminer hier soir, répondit la jeune fille, et il a fallu tout ranger ce matin, maman !

— Bien, bien... Peu importe, maintenant que tu es là. Assieds-toi près du feu, ma chérie, et réchauffe-toi, ma jolie !

— Non, non ! Voilà papa, s'écrièrent les deux jeunes Cratchit qui étaient partout à la fois. Cache-toi, Marthe, cache-toi !

Alors Marthe se cacha et l'on vit entrer le petit Bob, le père, précédé d'un bon mètre de son écharpe, sans compter la frange. Ses vêtements élimés avaient été raccommodés et brossés en l'honneur de Noël. Il portait Tout P'tit Tim sur ses épaules. Hélas ! pauvre Tout P'tit Tim. Il tenait une petite béquille et ses membres étaient soutenus par des supports métalliques !

— Comment ? Où est la Marthe ? s'écria Bob Cratchit en regardant autour de lui.

— Elle ne vient pas ! dit Mme Cratchit.

— Elle ne vient pas ! dit Bob, dont l'entrain et la bonne humeur semblèrent soudain l'abandonner, lui qui avait joué au cheval avec Tout P'tit Tim depuis l'église et arrivait tout joyeux. Elle ne vient pas le jour de Noël !

Marthe n'aurait voulu à aucun prix lui causer une déception, même par jeu. Alors elle sortit prématurément de derrière la porte du placard et se jeta dans ses bras tandis que les deux jeunes Cratchit s'emparaient de Tout P'tit Tim et l'entraînaient dans la buanderie pour lui montrer le pudding qui cuisait dans la bouilloire.

— Et comment le petit Tim s'est-il conduit ? demanda Mme Cratchit après avoir bien ri de la crédulité de Bob qui, de son côté, avait serré longuement sa fille sur son cœur.

— Sage comme une image, dit Bob, et plus encore. Je ne sais comment, il se met à réfléchir quand il reste si souvent tout seul dans son coin et il lui vient des idées très curieuses. En revenant, il m'a dit qu'il espérait que les gens l'avaient vu à l'église. Il se disait qu'ils lui sauraient peut-être gré de leur rappeler, par son infirmité, un jour de Noël, celui qui a rendu la vue aux aveugles et fait marcher les pauvres paralytiques.

La voix de Bob n'était pas très assurée quand il leur dit cela et elle trembla encore plus quand il ajouta que Tout P'tit Tim grandissait et forcissait.

On entendit le claquement pressé de la petite

béquille et avant qu'on eut eu le temps d'en dire plus, Tout P'tit Tim était de retour escorté par son frère et sa sœur qui l'accompagnèrent à son tabouret devant le feu. Et tandis que Bob, après avoir retourné ses manchettes — comme si elles pouvaient, pauvre Bob ! être encore plus abîmées qu'elles ne l'étaient —, préparait dans un pichet une boisson chaude faite de genièvre et de citron qu'il tourna énergiquement et mit à chauffer doucement au coin du feu, l'aîné des fils Cratchit et les deux jeunes et turbulents Cratchit partirent chercher l'oie qu'ils rapportèrent bientôt triomphalement.

Il s'ensuivit un tel remue-ménage qu'on aurait pu penser que l'oie est un volatile rarissime, un phénomène à plume auprès duquel un cygne noir est un oiseau parfaitement banal. Et de fait, une oie était bien , dans cette maison, un phénomène étonnant. Mme Cratchit fit chauffer la sauce qui attendait dans une petite casserole. M. Peter écrasa les pommes de terre avec une vigueur incroyable. Mlle Belinda rectifia la compote de pommes. Marthe essuya les assiettes brûlantes. Bob installa Tout P'tit Tim à table à côté de lui dans un tout petit coin. Les deux jeunes Cratchit disposèrent des sièges pour tout le monde et, au garde-à-vous devant leur place à table, ils s'enfoncèrent leurs couverts dans la bouche de peur de ne pouvoir résister à la tentation de réclamer de l'oie avant leur tour. Tout fut enfin en place. Les derniers mots du bénédicité tombèrent. Tout le monde retint son souffle quand Mme Cratchit, après avoir longtemps étudié la lame du couteau sur toute sa longueur, se prépara à la plonger dans le bréchet. Mais quand elle passa à l'acte et que la farce tant attendue jaillit, un murmure de ravissement s'éleva à l'unisson tout autour de la table et même Tout P'tit Tim, entraîné par les deux jeunes Cratchit, se mit à frapper la table avec le manche de son couteau et lança un faible hourra !

Jamais on n'avait vu une telle oie. Bob déclara qu'il ne pensait pas qu'on avait jamais rôti une oie pareille. Son moelleux, son goût, sa taille, la modicité de son prix, furent les thèmes de l'admiration universelle. Grâce à l'accompagnement de compote et de purée, elle pouvait largement nourrir la famille entière. Et d'ailleurs comme le dit avec ravissement Mme Cratchit en contemplant une minuscule carcasse restée dans le plat, ils n'avaient finalement pas pu en venir à bout ! Et, pourtant, chacun en avait eu à satiété et les jeunes Cratchit, en particulier, qui s'étaient couverts de sauce à la sauge et à l'oignon jusqu'aux sourcils ! Mais maintenant que Belinda avait changé les assiettes, Mme Crachit, trop tendue pour supporter la présence de témoins, sortit seule, pour aller chercher le pudding.

Et s'il n'était pas assez cuit ! Et s'il se défaisait quand on le retournerait ! Et si quelqu'un, profitant de ce qu'ils dévoraient l'oie, avait enjambé le mur de la cour et l'avait volé ! Cette supposition fit blêmir les deux jeunes Cratchit ! On n'en finissait pas de faire d'horribles suppositions.

Holà! Un nuage de vapeur! On retirait le pudding de la bassine. Une odeur de jour de lessive! C'était le torchon. Des effluves d'auberge qui aurait pour voisin un pâtissier d'un côté et une blanchisserie de l'autre! C'était le pudding. Moins d'une minute s'écoula avant le retour de Mme Cratchit. Elle était toute rouge, mais souriait triomphalement. Elle brandissait le pudding, sorte de boulet de canon tacheté, ferme et compact au milieu des flammes d'un demi-quart d'eau-de-vie et piqué en son centre d'une branche de houx de Noël.

Oh! le merveilleux pudding! Bob Cratchit déclara avec le plus grand sérieux que c'était, à ses yeux, ce que Mme Cratchit avait fait de mieux depuis leur mariage. Mme Cratchit dit qu'elle pouvait bien avouer, maintenant qu'elle avait l'esprit tranquille, que la quantité de farine lui avait donné des inquiétudes. Chacun avait son mot à dire, mais personne ne dit ni ne pensa que c'était un bien petit pudding pour une grande famille. C'eût été un véritable sacrilège que de penser une chose pareille. Il n'y avait pas un seul des Cratchit présents qu'une telle pensée n'eût fait rougir de honte.

Enfin le repas fut terminé, la table débarrassée, le devant de la cheminée balayé et le feu regarni. Quand on eut goûté le contenu du pichet, qui fut jugé parfait, on mit sur la table des pommes et des oranges et on mit une pelletée de châtaignes à griller sur les braises. Et toute la famille Cratchit se rassembla autour du foyer, formant ce que Bob Cratchit appelait un cercle, c'est-à-dire, en fait, un demi-cercle, Bob Cratchit avait près de lui tout ce qui servait de verres à la famille, deux gros verres ordinaires et une petite tasse sans anse.

Mais ces récipients conservaient aussi bien la chaleur de la boisson que l'auraient fait des timbales de vermeil. Et Bob, radieux, fit le service tandis que les châtaignes chantaient et craquaient sur le feu. Bob proposa :

— Joyeux Noël à nous tous, mes enfants. Que Dieu nous bénisse !

Toute la famille reprit ce toast.

— Que Dieu bénisse tout le monde ! dit Tout P'tit Tim en dernier.

Sur son tabouret, il se serrait contre son père qui tenait sa petite main malade dans la sienne comme s'il aimait profondément cet enfant et souhaitait le garder tout près de lui de peur qu'il ne lui fût arraché.

— Esprit, dit Scrooge témoignant d'un intérêt qu'il n'avait jamais éprouvé jusqu'à ce jour, peux-tu me dire si Tout P'tit Tim vivra ?

— Je vois un siège vide, répondit le fantôme, dans ce pauvre coin de cheminée et une béquille, sans son propriétaire, pieusement conservée. Si rien ne vient modifier cette vision de l'avenir, cet enfant mourra.

— Non, non ! dit Scrooge. Oh, non, bon esprit ! dis-moi qu'il sera épargné.

— Si rien ne vient modifier cette vision de l'avenir, je suis le dernier de ma race à le voir là. Qu'importe ? S'il doit mourir, qu'il le fasse et contribue ainsi à réduire le surpeuplement.

Scrooge baissa la tête en entendant ses propres paroles citées par l'esprit et il fut accablé de remords et de chagrin.

— Homme, dit le fantôme, si en toi bat un cœur d'homme et non de pierre, interdis-toi d'employer ce misérable jargon tant que tu n'auras pas découvert ce qu'est ce surpeuplement et où il se situe. Est-ce à toi de décider qui doit vivre et qui doit mourir ? Il se peut qu'au regard du Très-Haut, tu sois plus indigne de vivre que des millions d'êtres semblables à l'enfant de ce pauvre homme. Oh, Dieu ! entendre le misérable ver repu décréter que tel ou tel de ses semblables affamés mérite ou non de vivre !

Scrooge baissa la tête encore davantage devant le fantôme, et resta tout tremblant, les yeux baissés. Mais il releva vivement la tête en entendant qu'on parlait de lui.

— À la santé de M. Scrooge ! dit Bob. Je vous propose de boire à M. Scrooge à qui nous devons ces réjouissances !

— À qui nous devons ces réjouissances ! Ah, oui vraiment ! s'exclame Mme Cratchit devenant toute rouge. J'aimerais bien qu'il soit ici. Je lui dirais ce que je pense de lui. Pour le coup il y aurait lieu de se réjouir, ah, oui ! Et j'espère qu'il aurait la force de tout encaisser.

— Ma chérie, dit Bob, pour les enfants, pour la Noël !...

— Il faut vraiment que ce soit Noël en vérité pour boire à la santé d'un être aussi odieux, aussi rapiat, dur et sans cœur que M. Scrooge. Tu le connais, Robert ! Personne ne le connaît aussi bien que toi, mon pauvre garçon !

— Ma chérie, répéta Bob avec douceur... Le jour de Noël !

— Je vais boire à sa santé pour l'amour de toi et pour l'amour de Noël, mais sûrement pas pour lui. Vive Scrooge ! Joyeux Noël et bonne année ! La joie et la bonté, ça lui va bien, il n'y a pas à dire !

Les enfants reprirent ce toast, mais c'était la première fois de la journée qu'ils faisaient quelque chose sans entrain. Tout P'tit Tim fut le dernier à porter ce toast, mais il s'en moquait comme d'une guigne. Scrooge était l'Ogre de cette famille et la mention de son nom jeta, sur la fête, une ombre qui mit bien cinq minutes à se dissiper.

Quand cette ombre fut oubliée, ils furent dix fois plus joyeux que précédemment tant ils étaient soulagés d'en avoir fini avec Scrooge le Mauvais. Bob Cratchit leur fit part de la situation qu'il pensait avoir trouvée pour Peter et qui ne rapporterait pas moins de cinq shillings et demi par semaine s'il l'obtenait. Les deux jeunes Cratchit rirent comme des fous à l'idée de voir Peter dans les affaires. Quant à Peter, il rêva, en regardant le feu par l'ouverture de son grand col, comme s'il se demandait à quels investissements il consacrerait un revenu aussi prodigieux. Marthe, pauvre apprentie chez une couturière, leur parla de son travail et du nombre d'heures qu'elle devait faire d'affilée, et elle leur annonça qu'elle avait bien l'intention de faire la grasse matinée et de se reposer le lendemain puisque c'était un jour chômé, et qu'elle resterait chez elle. Elle dit aussi qu'elle avait vu quelques jours plus tôt une comtesse et un lord et que le lord « était à peu près de la taille de Peter ». Sur ce, Peter mit si bien son haut col en valeur que, si vous aviez assisté à la scène, vous n'auriez pu voir quelle tête il avait. Et, pendant tout ce temps, les châtaignes et le pichet passaient à la ronde. Puis ils écoutèrent Tout P'tit Tim chanter une ballade qui racontait le voyage d'un enfant perdu dans un pays couvert de neige. Tout P'tit Tim avait une jolie petite voix plaintive et, ma foi, il chanta très bien.

Il n'y avait rien dans tout cela de très relevé. Ce n'était pas une famille distinguée. Ils n'étaient pas vêtus avec élégance et leurs chaussures étaient loin d'être imperméables. Leur garde-robe était des plus réduites et il est fort possible, il est même presque certain, que Peter connaissait déjà la boutique du prêteur sur gages. Mais ils étaient heureux, pleins de gratitude, s'appréciaient mutuellement et se satisfaisaient de leur sort. Et quand, peu à peu, ils s'évanouirent, ayant l'air encore plus heureux après avoir été touchés des gouttes brillantes qui tombaient du flambeau de l'esprit, Scrooge ne put détourner son regard et les observa tous jusqu'au bout, en particulier Tout P'tit Tim.

Pendant ce temps, le jour avait décliné et la neige s'était mise à tomber à gros flocons. Et, tandis que Scrooge et l'esprit allaient de par les rues, c'était merveille de voir les feux qui ronflaient dans les cuisines, les salons et bien d'autres pièces. Ici, la lumière dansante du foyer éclairait les préparatifs d'un dîner intime pour lequel les assiettes mises à chauffer devant le feu étaient cuites et recuites tandis qu'on s'apprêtait à tirer les lourds rideaux rouges qui abriteraient les convives du froid et de la nuit. Là, tous les enfants de la maisonnée couraient dans la neige pour aller à la rencontre de leurs sœurs mariées, de leurs frères, de leurs cousins, oncles et tantes et être les premiers à les embrasser. Ici, on voyait se dessiner, à contre-jour sur les stores, les ombres de visiteurs. Et là un groupe de jolies filles, encapuchonnées et chaussées de bottes fourrées, pépiant toutes ensemble, allaient d'un pas léger chez quelque voisin. Le célibataire qui allait ouvrir à ces belles filles radieuses avait intérêt à se tenir sur ses gardes car les rusées friponnes connaissaient bien leur pouvoir !

À voir tous ces gens qui se rendaient à des réunions entre amis, vous auriez pu penser qu'il n'y aurait pas un seul hôte chez lui pour les y accueillir alors qu'au contraire chacun s'attendait à une visite et avait préparé un feu d'enfer dans la cheminée. Dieu le bénisse ! qu'il était heureux le fantôme ! Sa vaste poitrine dénudée, ses larges paumes grandes ouvertes, il flottait dans l'air et versait généreusement sa joie vive et innocente sur tout ce qu'il rencontrait ! Jusqu'à l'allumeur de réverbères qui courait dans les rues. À son passage elles se piquetaient de lumières. Il s'était habillé pour sortir, et il se mit à rire bruyamment quand l'esprit passa près de lui. Et pourtant, il ne savait pas, l'allumeur de réverbères, qu'il n'avait d'autre compagnie que celle de Noël !

Soudain, sans que le fantôme l'en eût averti, ils se trouvèrent sur une lande désertique et glaciale parsemée de monstrueux amas de pierres comme un cimetière de géants. Et l'eau recouvrait tout, ou, du moins, l'aurait fait s'il n'y avait pas eu le gel pour la retenir prisonnière. Il ne poussait là que des mousses, des ajoncs et de l'herbe maigre et rase. À l'Ouest, le soleil couchant avait laissé une lueur rougeâtre qui jeta ses feux sinistres, comme un dernier regard de colère sur la désolation des lieux, avant de s'enfoncer de plus en plus et de disparaître dans la profondeur de la nuit la plus noire.

— Quel est donc ce lieu ? demanda Scrooge.

— C'est ici que vivent les mineurs qui travaillent dans les entrailles de la terre. Mais ils me connaissent. Regarde !

Une lumière s'alluma à la fenêtre d'une hutte et ils se pressèrent dans sa direction. Ils traversèrent le mur de torchis et découvrirent une joyeuse compagnie autour du feu rougeoyant. Un très, très vieil homme et sa femme, leurs enfants et les enfants de leurs enfants et encore une autre génération plus jeune, étaient réunis dans leurs vêtements de fête. Le vieillard leur chantait un chant de Noël d'une voix qui ne s'élevait que rarement au-dessus du mugissement du vent qui balayait l'étendue déserte. C'était déjà un très vieux chant d'autrefois quand le vieillard était tout jeune. De temps en temps, ils le reprenaient tous en chœur. Chaque fois que leurs voix se joignaient à la sienne, le vieillard tout joyeux chantait avec plus de cœur et, chaque fois qu'ils cessaient de l'accompagner, sa vigueur semblait l'abandonner.

L'esprit ne s'attarda pas là. Il pria Scrooge d'agripper son vêtement et s'envolant au-dessus de la lande s'élança... Mais où donc ? Non, pas en mer ? Si, au large. En se retournant, Scrooge horrifié vit derrière eux les confins des terres, amoncellements terrifiants de roches. Ses oreilles étaient abasourdies par le fracas des eaux qui roulaient et rugissaient et se déchaînaient dans les épouvantables gouffres qu'elles avaient creusés et qui sapaient la terre ferme.

À quelques lieues du rivage, il y avait un phare isolé que les vagues battaient violemment à longueur d'année. Des masses d'algues s'accrochaient à sa base et les oiseaux des tempêtes nés du vent, semblait-il, comme les algues de la mer, tourbillonnaient, s'élevaient et s'abattaient tout autour comme les vagues qu'ils frôlaient dans leur vol.

Pourtant, là aussi, les deux gardiens du phare avaient fait un grand feu qui, par une fente ménagée dans l'épaisse muraille, jetait un rayon de lumière et de joie sur ces flots terribles. Leurs mains calleuses se rencontrèrent au-dessus de la table raboteuse à laquelle ils étaient assis. Ils se souhaitèrent un joyeux Noël et levèrent leur gobelet de grog à leur santé. L'un d'eux, l'ancien, au visage buriné et couturé par les éléments comme la figure de proue d'un vieux vaisseau, entonna un chant vigoureux qui avait des accents de tempête.

Le fantôme reprit sa course au-dessus de la houle noire et ne s'arrêta, comme il l'expliqua à Scrooge, qu'après avoir atteint un navire loin de tout rivage. Ils s'approchèrent du barreur au gouvernail, de la vigie dans les bossoirs, des officiers de quart, silhouettes sombres et fantomatiques à leurs divers postes. Mais chacun fredonnait un air de Noël, ou était traversé par une pensée de Noël, ou parlait à son compagnon d'un Noël d'autrefois, et leurs espérances se tournaient vers leur foyer. Pas un homme à bord, éveillé ou endormi, bon ou mauvais, qui n'eût, ce jour-là, une parole plus aimable pour son prochain qu'en tout autre jour de l'année ; qui n'eût pris, peu ou prou, part aux réjouissances de cette journée, qui n'eût pensé aux siens au loin et n'eût la certitude qu'ils étaient heureux de penser à lui.

Scrooge fut fort surpris alors qu'il écoutait la plainte du vent et songeait combien il est grand de naviguer dans la solitude et l'obscurité, sur des abîmes inconnus aux profondeurs aussi mystérieuses que la mort, Scrooge, plongé dans ses méditations, fut surpris d'entendre un rire joyeux. Il fut encore plus surpris de reconnaître le rire de son propre neveu et de se retrouver dans une pièce bien sèche et illuminée. L'esprit souriant à son côté, observait le neveu d'un air affable et satisfait.

— Ha, ha ! Le neveu de Scrooge riait aux éclats. Ha, ha, ha !

Si, par un hasard très extraordinaire, il vous arrivait de rencontrer une personne plus douée pour le rire que le neveu de Scrooge, tout ce que je peux dire, c'est que je me ferais un plaisir de la rencontrer. Faites-la moi connaître et ce sera une relation que je cultiverai.

Le juste équilibre d'un monde régi par de nobles causes et la généreuse organisation de l'univers se voit dans le fait que, s'il est vrai que la maladie et le malheur s'attrapent facilement, il est certain aussi que rien n'est plus contagieux et communicatif que le rire et la bonne humeur. Quand le neveu de Scrooge se mit à rire ainsi, la tête en arrière et les traits du visage déformés par les plus incroyables contorsions, la nièce par alliance de Scrooge s'y mit à son tour d'aussi bon cœur que son mari. Et le petit groupe de leurs amis, nullement en reste, partit d'un énorme rire.

— Ha, ha ! Ha, ha ! Ha, ha !

— Il a dit que Noël était une blague, ma parole ! s'exclama le neveu de Scrooge. Et le pire, c'est qu'il en est persuadé !

— Ce n'en est que plus honteux de sa part, Fred ! dit la nièce de Scrooge, indignée.

Ah ! les femmes ! Elles ne font jamais rien à moitié et prennent tout terriblement à cœur. Celle-ci était très jolie, excessivement jolie. Un remarquable visage, un petit air étonné, des fossettes. Une petite bouche appétissante qui semblait faite pour le baiser — ce qui était très certainement le cas — et, autour de la bouche, tout un tas de petit creux et de fossettes qui s'animaient dès qu'elle riait. Et les yeux brillants et les plus rieurs qu'on ait jamais vus ! En un mot, on aurait pu dire qu'elle était aguichante, si vous voyez ce que je veux dire ; mais en tout bien tout honneur. Pour ça, il n'y avait pas l'ombre d'un doute.

— C'est un drôle de vieux bonhomme, dit le neveu de Scrooge. C'est vrai, et avec ça, pas extrêmement sympathique. Mais il est puni par là où il pèche et je n'ai rien à dire contre lui.

— Il doit être très riche, Fred, dit la nièce de Scrooge. C'est du moins ce que tu ne cesses de dire.

— Et après, ma chérie ! dit le neveu de Scrooge. Sa richesse ne lui sert à rien. Elle ne lui sert ni à faire le bien ni à vivre mieux. Il n'a pas le plaisir de se dire — ha, ha, ha ! — qu'il va, un jour, nous en faire profiter, nous.

— Moi, je ne peux pas le supporter, conclut la nièce de Scrooge. Et les sœurs de la nièce de Scrooge, et toutes les autres jeunes femmes exprimèrent la même opinion.

— Oh ! moi je le supporte, dit le neveu de Scrooge. Je le plains et je n'arriverais pas à m'emporter contre lui, même si j'essayais. Qui souffre de sa méchante humeur ? Lui, toujours lui et lui seul. Voilà qu'il se met en tête de nous détester et de refuser de partager notre repas. Et quel est le résultat ? Est-ce qu'il manque de quelque chose ?

— Eh bien, moi je trouve qu'il a manqué un excellent repas, s'écria la nièce de Scrooge en l'interrompant. Tout le monde fut du même avis et il faut leur accorder qu'ils étaient bien placés pour le savoir, car ils venaient tout juste de quitter la table où il y avait encore le dessert et ils s'étaient regroupés autour du feu dans la lumière de la lampe.

— Je suis ravi de vous l'entendre dire, dit le neveu de Scrooge, car, pour ma part, je ne fais guère confiance à ces jeunes maîtresses de maison. Qu'en dis-tu, toi, Topper ?

Topper avait visiblement des vues sur une des sœurs de la nièce de Scrooge car il répondit que les célibataires étaient de malheureux parias qui n'avaient pas le droit d'exprimer leur opinion sur la question. Là-dessus, la sœur de la nièce de Scrooge — celle qui était rondelette et portait un fichu de dentelle, pas celle aux roses — rougit.

— Allez, continue ! dit la nièce de Scrooge en battant des mains. Il ne finit jamais ses phrases ! Il est tellement bizarre !

Le neveu de Scrooge repartit d'un bon rire et, comme il était impossible d'échapper à cette contagion, bien que la sœur rondelette s'y efforçât avec du vinaigre aromatique, tout le monde suivit son exemple.

— J'allais dire, reprit le neveu de Scrooge, que la conséquence de son inimitié et de son refus de se distraire en notre compagnie est, à mon avis, qu'il rate quelques agréables moments qui ne pourraient pas lui faire de mal. Je suis convaincu qu'il perd des compagnons plus agréables que ne le sont pour lui ses propres pensées, son vieux bureau moisi ou son logement poussiéreux. J'ai l'intention de lui faire chaque année la même invitation car que cela lui plaise ou non, j'éprouve pour lui de la pitié. Il peut bien se moquer de Noël jusqu'à sa mort, mais il ne pourra s'empêcher — je l'en défie — d'en avoir une meilleure opinion s'il me voit revenir, année après année, de bonne humeur lui demander : « Oncle Scrooge, comment vous portez-vous ? » Si ça n'a d'autre effet que de l'amener à léguer cinquante livres à son pauvre employé, ce sera déjà quelque chose. Et j'ai l'impression de l'avoir hier ébranlé.

Ce fut leur tour de rire à l'idée qu'il avait ébranlé Scrooge. Mais, comme c'était un excellent garçon, et qu'il ne se préoccupait guère de savoir de qui ils se moquaient pourvu qu'ils rient, il les encouragea à se distraire et fit passer la bouteille joyeusement.

Après le thé, ils firent de la musique. Car c'était une famille musicienne et ils s'y entendaient, je vous assure, quand il s'agissait de chanter à plusieurs voix ou en canon. En particulier, Topper qui pouvait faire gronder sa voix de basse comme une grave, sans jamais faire gonfler les grosses veines de son front ni se congestionner. La nièce de Scrooge joua fort bien de la harpe et, entre autres, un petit air sans prétentions (quelque chose de si simple qu'il ne vous faudrait pas plus de deux minutes pour le siffler), un petit air que connaissait aussi la petite fille qui faisait sortir le petit Scrooge de pension, comme le lui avait rappelé l'esprit des Noëls d'autrefois. Quand cet air résonna, Scrooge se souvint aussitôt de tout ce que le premier esprit lui avait montré. De plus en plus attendri, il se dit que s'il avait eu plus souvent l'occasion de l'écouter dans le passé, il aurait peut-être su, pour son bonheur, cultiver les douceurs de l'existence et n'aurait pas eu à recourir à la bêche du fossoyeur qui avait enterré Jacob Marley.

Mais ils ne consacrèrent pas toute la soirée à la musique. Au bout d'un moment, ils firent une partie de gages, car il est bon de se conduire de temps à autre comme des enfants et quel meilleur moment pour cela que Noël où l'on célèbre la naissance du divin Enfant. Mais pas si vite ! Ne joua-t-on pas d'abord à colin-maillard ? Mais oui, bien sûr ! À mon avis, les yeux de Topper n'étaient pas plus bandés qu'il ne les avait dans sa poche. Mon sentiment est que toute l'affaire était combinée entre Topper et le neveu de Scrooge et que l'esprit du Noël d'aujourd'hui le savait très bien. La façon dont Topper pourchassa cette brave sœur rondelette au fichu de dentelle était une insulte à la crédulité humaine. Renversant les chenêts, bousculant les chaises, se cognant dans le piano, se prenant dans les rideaux, où qu'elle allât, il la suivait. Personne d'autre ne l'intéressait. Vous auriez pu vous jeter contre lui — ce que certains d'entre eux n'hésitèrent pas à faire — et refuser de bouger, la façon dont il aurait feint de tout faire pour vous attraper avant de filer de côté en direction de la sœur rondelette aurait été une véritable insulte au bon sens. À plusieurs reprises, cette jeune personne s'exclama que ce n'était pas de jeu, et elle avait sûrement raison. Mais, quand enfin il l'attrapa, quand, malgré tous ses froufrous soyeux et ses frôlements hasardeux, elle finit par se faire coincer dans un angle dont elle ne pouvait s'échapper, alors la façon dont il se conduisit fut véritablement scandaleuse. Il affecta de ne pas la reconnaître, ce qui était vraiment honteux, proprement monstrueux. Il déclara qu'il lui fallait s'assurer de son identité en touchant sa coiffure, puis encore une certaine bague qu'elle avait au doigt et une certaine chaîne qu'elle portait au cou ! Et il ne fait guère de doute qu'elle lui dit ce qu'elle en pensait quand, un autre joueur ayant à son tour les yeux bandés, ils restèrent si discrètement ensemble derrière les rideaux.

La nièce de Scrooge ne jouait pas avec les autres à colin-maillard. Elle avait été confortablement installée dans un profond fauteuil, un petit tabouret sous les pieds dans un coin tranquille, juste devant Scrooge et l'esprit. Mais elle se joignit aux autres pour le jeu de gages, et fit leur admiration à tous, car, à chacune des vingt-six lettres de l'alphabet, elle sut trouver un mot pour décrire celui qu'elle aimait. Aussi brillante au jeu des questions, elle écrasa ses sœurs, ce dont le neveu de Scrooge se réjouit dans le secret de son cœur. Et, pourtant, c'étaient de fines mouches ces sœurs, comme Topper aurait pu vous le dire. Il y avait peut-être vingt personnes réunies là, jeunes ou âgées, mais toutes participaient aux jeux et Scrooge aussi. Passionné par tout ce qui se passait, il en avait oublié qu'on ne pouvait l'entendre et il se mettait à proposer tout fort ses réponses aux devinettes et, plus d'une fois, il tomba juste car il y avait peu d'esprits plus vifs que le sien.

La meilleure aiguille à coudre, celle dont le chas, on vous le garantit, ne coupera pas le fil, ne saurait être plus aiguë que l'intelligence de Scrooge en dépit de l'apparence obtuse qu'il se plaisait à donner de lui-même.

Le fantôme était particulièrement satisfait de voir ces réactions chez son compagnon et il le considérait avec une telle bienveillance que Scrooge s'enhardit à demander, comme un gamin, la permission de rester jusqu'au départ des invités. Mais cela, lui dit l'esprit, était impossible.

— C'est un nouveau jeu, dit Scrooge. Juste une demi-heure de plus, esprit ! Une demi-heure seulement !

C'était le jeu qu'on appelle « Oui ou non ». Le neveu de Scrooge pensait à quelque chose et les autres devaient deviner de quoi il s'agissait en lui posant des questions auxquelles il ne répondait que par oui ou par non. Le feu roulant de questions auquel il fut exposé permit de savoir qu'il pensait à une bête, une bête vivante, une bête plutôt désagréable, une bête sauvage, une bête qui parfois grondait et grognait et parfois parlait, qui vivait à Londres, qu'on pouvait croiser dans la rue mais qu'on ne montrait pas dans les foires, qui n'avait pas de gardien, ne vivait pas dans une cage, qu'on n'engraissait pas pour sa viande, qui n'était ni cheval, ni âne, ni vache, ni taureau, ni tigre, ni chien, ni cochon, ni chat, ni ours. À chaque nouvelle question, le neveu riait de plus belle et ça l'amusait tellement qu'il finit par se lever et trépigner de joie. Finalement, la sœur rondelette, prise elle aussi de fou-rire, s'esclaffa :

— J'ai trouvé ! Je sais ce que c'est Fred ! Je sais ce que c'est !

— Qu'est-ce que c'est ? cria Fred.

— C'est ton oncle SCRO-O-O-O-O-O-GE !

Et c'était bien ça. L'admiration fut générale malgré ceux qui estimèrent que la réponse à la question « Est-ce un ours ? » aurait dû être « Oui ! » dans la mesure où la réponse par non avait suffi à éliminer M. Scrooge de leurs pensées si tant est qu'ils aient jamais pensé à lui.

— Il nous a vraiment bien divertis, dit Fred, et nous serions des ingrats de ne pas boire à sa santé. Je bois ce verre de vin chaud à la santé d'oncle Scrooge !

— Eh bien ! A l'oncle Scrooge ! reprirent-ils.

— Joyeux Noël et Bonne Année au pauvre vieux, quelle que soit l'espèce animale à laquelle il appartienne ! dit le neveu de Scrooge. Il n'a pas voulu de mes vœux, mais je les lui adresse tout de même. A la santé de l'oncle Scrooge !

L'oncle Scrooge était peu à peu devenu si gai et avait le cœur si léger qu'il aurait volontiers bu en retour à la santé de cette assistance inconsciente de sa présence et lui aurait adressé un discours inaudible si le fantôme lui en avait laissé le temps. Mais toute la scène s'évanouit avec les derniers mots prononcés par le neveu, Scrooge et l'esprit reprirent leurs pérégrinations.

Ils virent maint spectacle, voyagèrent loin et entrèrent dans maint logis et en ressortirent toujours sur une impression heureuse. L'esprit se tint au chevet de malades et ils se réjouirent ; dans des contrées lointaines et ils se retrouvèrent chez eux ; auprès de malheureux et avec l'espérance retrouvée, ils acceptèrent leur sort ; auprès de la misère, et elle devint richesse. Dans les hospices, les hôpitaux, les prisons, dans les refuges de toutes les détresses, partout où l'homme tirant vanité de son bref pouvoir temporel n'avait pas fermé la porte et interdit à l'esprit d'entrer, celui-ci apporta sa bénédiction et enseigna sa loi à Scrooge.

La nuit fut longue, en admettant qu'il n'y eût qu'une seule nuit. Mais Scrooge n'en était pas convaincu car il lui sembla que la durée de toutes les fêtes de Noël avait été condensée dans le laps de temps qu'ils passèrent ensemble. De même qu'il était étrange de constater que manifestement le fantôme vieillissait alors que Scrooge ne changeait en rien extérieurement. Scrooge avait remarqué ce changement chez le fantôme mais n'en avait rien dit jusqu'au moment où, comme ils quittaient un goûter d'enfants pour l'Épiphanie il s'aperçut en regardant l'esprit que ses cheveux étaient gris.

— La vie des esprits est-elle si courte ? demanda Scrooge.

— Ma vie sur terre est très brève, répondit le fantôme. Elle prend fin cette nuit.

— Cette nuit! cria Scrooge.

— Cette nuit, à minuit. Écoute! L'heure approche.

À cet instant, les carillons égrenèrent les trois quarts de onze heures.

— Pardonne-moi si je n'ai pas le droit de te poser cette question, dit Scrooge qui fixait le bas du vêtement de l'esprit, mais je vois une chose étrange qui ne fait pas partie de ta personne, dépasser de sous ton vêtement. Est-ce un pied ou une griffe?

— Ce pourrait être une griffe, étant donné le peu de chair qu'il y a sur les os, répondit l'esprit avec tristesse. Regarde.

Des plis de sa tunique, il dégagea deux enfants, deux malheureux infortunés, abjects, effrayants, hideux. Ils s'agenouillèrent aux pieds de l'esprit et s'agrippèrent à lui.

— Regarde, ô homme! Regarde, de tous tes yeux regarde! s'écria le fantôme.

C'était un garçon et une fille. Jaunes, maigres, en haillons, hostiles et affamés mais en même temps prostrés dans leur humilité. Leurs traits, où auraient dû s'épanouir la grâce de la jeunesse et les couleurs fraîches de l'enfance, avaient été pincés, déformés et tirés par une main décharnée semblable à celle de la vieillesse. Là où les anges auraient pu régner dans toute leur gloire, des démons étaient tapis à l'affût et lançaient des regards menaçants.

De tous les mystères merveilleux de la création, il n'est pas d'altération, de dégradation, de perversion de l'humanité qui engendre des monstres aussi horribles et aussi terrifiants.

Scrooge, épouvanté, eut un mouvement de recul. Les ayant découverts dans de telles circonstances, il essaya de dire que c'étaient là de beaux enfants mais les mots lui restèrent dans la gorge plutôt que de se rendre complices d'un tel mensonge.

— Esprit ! Ce sont tes enfants ?

Scrooge ne put en dire plus.

— Ce sont les enfants de l'Homme, dit l'esprit en les contemplant. Et ils s'accrochent à moi et en appellent à moi contre leur père. Cet enfant se nomme l'Ignorance. Celui-là le Besoin. Défie-toi de l'un comme de l'autre sous toutes leurs formes, mais défie-toi surtout de l'Ignorance car, sur son front, ce que je vois gravé, c'est l'anéantissement de l'humanité si l'on ne parvient pas à l'effacer. Oppose-moi un démenti ! s'écria l'esprit, apostrophant la grande ville. Calomnie ceux qui te le disent ! Accepte l'ignorance pour servir tes desseins factieux, rends-la plus dramatique encore et attends ton heure !

— N'ont-ils pas de refuge, pas de ressources ? demanda Scrooge.

— N'y a-t-il pas des prisons ? dit l'esprit lui retournant pour la dernière fois ses propres paroles. N'y a-t-il pas des hospices municipaux ?

Minuit sonna.

Scrooge essaya de voir le fantôme mais il ne

vit rien. Comme les dernières vibrations du dernier coup de minuit s'évanouissaient dans l'air, Scrooge se souvint de la prédiction du vieux Jacob Marley. Il leva les yeux et contempla une apparition solennelle, enveloppée des pieds à la tête dans un linceul, qui s'approchait de lui telle une vapeur glissant à la surface de la terre.

Quatrième mouvement

LE DERNIER DES ESPRITS

Lentement, gravement, en silence, le fantôme approcha. Quand il fut près de lui, Scrooge se prosterna car l'esprit semblait apporter avec lui une atmosphère lugubre et mystérieuse.

Il disparaissait sous une sorte de drap entièrement noir qui dissimulait sa tête, son visage et sa silhouette. On ne voyait qu'une main tendue. Sans elle, il aurait été presque impossible de distinguer cette forme de la nuit et de l'obscurité qui l'enveloppaient.

Scrooge sentit, quand elle approcha, qu'elle était haute et imposante. Sa présence mystérieuse l'emplit d'une terreur solennelle dont rien ne pouvait le distraire car l'esprit restait immobile et sans voix.

— Je suis en présence du fantôme des Noëls encore à venir ? demanda Scrooge.

L'esprit, sans répondre, désigna quelque chose de la main.

— Vous allez, reprit Scrooge, me montrer les

ombres de ce qui ne s'est pas encore produit mais se produira dans les temps à venir. Est-ce bien cela, esprit ?

Les plis du haut du vêtement se déplacèrent un instant comme si l'esprit avait incliné la tête. Ce fut la seule réponse à la question de Scrooge.

Bien qu'il fût désormais habitué à se trouver en compagnie fantomatique, Scrooge fut si terrifié par cette forme silencieuse que ses jambes se mirent à trembler sous lui et il s'aperçut, au moment de le suivre, qu'il pouvait à peine tenir debout. L'esprit s'arrêta un instant, comme s'il s'était rendu compte de l'état d'agitation où il se trouvait et voulait lui donner le temps de se remettre.

Mais Scrooge n'en fut que plus troublé. Il éprouva un sentiment d'horreur vague et imprécise de savoir que, derrière le sombre suaire, les yeux du fantôme suivaient chacun de ses mouvements alors qu'il avait beau, lui, écarquiller les siens, il ne distinguait rien qu'une main spectrale et une vaste masse d'ombre.

— Fantôme des temps à venir ! s'écria-t-il, je te crains plus qu'aucun des spectres que j'ai vus. Mais je sais que tu agis pour mon bien et aussi vrai que j'espère qu'il me sera donné de vivre pour me conduire autrement que par le passé, j'accepte avec reconnaissance de t'accompagner. Ne me parleras-tu pas ?

Il n'y eut pas de réponse. La main désigna quelque chose droit devant eux.

— Guide-moi ! dit Scrooge. Guide-moi ! La

nuit tire rapidement à sa fin et le temps m'est compté, je le sais. Esprit, guide-moi !

Le fantôme avança comme il était venu. Scrooge suivit dans l'ombre de son vêtement qui semblait le soulever et l'entraîner.

Ce fut à peine s'ils eurent l'impression de pénétrer dans la ville. Ce fut plutôt la ville qui vint à eux et les happa. Toujours est-il qu'ils se trouvèrent au cœur même de la grande métropole, place de la Bourse. Une foule de négociants s'affairaient, faisaient sonner l'argent dans leurs poches, discutaient par petits groupes. Plongés dans leur réflexion, ils sortaient leur montre de leurs poches et tournaient machinalement leurs grands cachets d'or dans leurs doigts, tout à fait comme Scrooge avait pu les voir faire si souvent.

L'esprit s'arrêta près d'un petit attroupement d'hommes d'affaires. Scrooge qui vit l'esprit les montrer du doigt approcha pour écouter.

— Non, disait un gros homme fort à l'énorme menton. Je ne sais pas grand-chose dans l'ensemble. Je sais seulement qu'il est mort.

— Quand est-il mort ? demanda quelqu'un.

— Hier soir, je crois.

— Tiens, qu'est-ce qu'il avait ? s'enquit une troisième personne en sortant une énorme prise de tabac d'une très grosse tabatière. Je le croyais éternel.

— Dieu sait ! dit le premier en bâillant.

— Qu'a-t-il fait de son argent ? demanda un monsieur cramoisi dont l'excroissance qui lui pendait au bout du nez se mit à s'agiter comme la peau d'un dindon.

— Je l'ignore, dit l'homme au vaste menton, bâillant de nouveau. Légué à sa Compagnie, peut-être. En tout cas pas à moi, c'est tout ce que je sais.

Cette plaisanterie déclencha l'hilarité générale.

— Ce sera sûrement un enterrement minable, reprit cette personne car, par ma foi, je ne connais personne qui souhaite y assister. Et si nous nous portions volontaires et y allions tous ensemble ?

— Je n'ai rien contre s'il y a un bon repas à la clé, remarqua le monsieur dont le nez s'ornait d'une excroissance. Mais, si j'y vais, c'est pour le repas.

Encore un rire...

— Eh bien, dites-moi, reprit le premier, je suis finalement le plus désintéressé de nous tous. Car jamais je ne porte de gants noirs et je ne déjeune jamais dans la journée mais je veux bien y assister si quelqu'un m'accompagne. Quand j'y songe, je me demande si je n'étais pas son meilleur ami. Chaque fois qu'on se rencontrait, on s'arrêtait pour parler. À bientôt !

Les causeurs et leurs auditeurs se séparèrent pour aller rejoindre d'autres petits groupes. Scrooge connaissait ces hommes et, du regard, il interrogea l'esprit.

Le fantôme, glissant toujours, s'engagea dans une rue où il désigna du doigt deux personnes qui s'abordaient. Scrooge tendit l'oreille, pensant avoir là une réponse à son interrogation.

Il connaissait très bien aussi ces nouveaux personnages. C'était des hommes d'affaires très influents. Scrooge s'était fixé pour objectif de toujours mériter leur estime, c'est-à-dire, d'un point de vue commercial, uniquement commercial.

— Comment allez-vous ? dit le premier.

— Comment allez-vous ? dit l'autre.

— Eh bien ! reprit le premier, le vieux grigou a fini par avoir son compte, dites-moi ?

— C'est ce que j'ai entendu dire, répondit le second. Fait froid, pas vrai ?

— C'est un temps de Noël. Je ne pense pas que vous soyez amateur de patin ?

— Non, non. J'ai d'autres chats à fouetter. Bonjour !

Pas un mot de plus. Ce fut à cela que se réduisirent leur rencontre, leurs propos et leur adieu.

Scrooge fut tout d'abord surpris que l'esprit attachât de l'importance à des conversations apparemment si triviales. Mais, comme il était persuadé qu'elles devaient sûrement servir à quelque chose qui lui échappait, il se mit à réfléchir pour tâcher de comprendre de quoi il pourrait s'agir. Il ne pouvait guère supposer qu'elles avaient un rapport quelconque avec la mort de son associé Jacob, car cela appartenait au passé, et ce fantôme ne s'occupait que de l'avenir. Il ne voyait aucune personne proche à qui appliquer ces conversations. Mais convaincu qu'elles recelaient pour son bien — quel que fût l'individu à qui elles s'appliquassent — une morale cachée, il prit la résolution de graver dans sa mémoire tout ce qu'il verrait et entendrait, et d'observer tout particulièrement l'ombre de sa propre personne quand elle apparaîtrait. Il avait, en effet, l'espoir que la conduite de son moi à venir lui donnerait l'indication qui lui manquait et lui permettrait de résoudre aisément ces énigmes.

Il chercha des yeux sa propre image en ces lieux familiers mais ce fut un inconnu qu'il vit dans le coin qu'il occupait d'ordinaire. L'horloge indiquait l'heure où il aurait dû normalement se trouver là. Pourtant aucun des nouveaux arrivants qui se pressaient à l'entrée ne lui ressemblait. Il n'en fut cependant guère étonné puisqu'il avait envisagé en son for intérieur un changement de vie, et il se dit, plein d'espoir, que c'était bien la preuve que ses résolutions toutes neuves seraient appliquées.

Sombre et silencieux à son côté, l'esprit avait toujours le doigt tendu. Quand il s'arracha à ses méditations inquiètes, Scrooge eut l'impression, en voyant ce doigt pointé vers lui, que les yeux invisibles le dévisageaient. Il en frissonna et son sang se glaça.

Ils quittèrent la scène animée et se retrouvèrent dans un quartier obscur où Scrooge n'avait jamais mis les pieds mais dont il reconnut aussitôt l'emplacement et la mauvaise réputation. Les voies étaient étroites et immondes, les boutiques et les bâtiments misérables, les habitants à demi nus, ivres, négligés, affreux. Comme autant de fosses d'aisance, ruelles et passages vomissaient dans les rues incertaines leur puanteur, leurs immondices et leur charogne humaine. Tout le quartier empestait le crime, la saleté, le malheur.

Tout au fond de ce repaire innommable, le front bas et renfrogné sous un toit mansardé, se dressait une échoppe où l'on faisait commerce de ferraille, de vieux chiffons, de bouteilles, d'os, de déchets graisseux. À l'intérieur, à même le sol, s'entassaient, couverts de rouille, clés, clous, chaînes, charnières, limes, balances, poids et débris de métal de toute forme. Des secrets que bien peu de gens auraient eu le cœur de percer étaient entretenus et dissimulés sous des montagnes de haillons dégoûtants, des masses pourries et graisseuses, au fond de sépulcres remplis d'os. Installé parmi les produits dont il faisait négoce, près d'un fourneau à charbon de bois fait de vieille brique, un vieux brigand grisonnant, presque septuagénaire, qui se protégeait du froid extérieur à l'aide d'un rideau malodorant fait de guenilles suspendues à un fil, fumait sa pipe dans tout le confort d'une retraite tranquille.

Scrooge et le fantôme se trouvèrent en présence de cet individu à l'instant précis où une femme lourdement chargée se glissait furtivement dans la boutique. À peine était-elle entrée qu'une autre femme, chargée comme elle, la rejoignit. Elle fut à son tour suivie par un homme en noir passé qui fut aussi surpris de voir ces femmes qu'elles l'avaient été l'une et l'autre quand elles s'étaient reconnues. Après être restés tous trois un instant aussi muets d'étonnement que le vieillard à la pipe, ils éclatèrent de rire.

— À la femme de charge de passer la première ! s'écria celle qui était entrée la première. La blanchisseuse en second et le croque-mort en troisième ! Dis donc, mon vieux Joe, en voilà une coïncidence ! V'là t'y pas qu'on se retrouve tous trois sans l'avoir fait exprès.

— Vous n'auriez pas pu vous retrouver en meilleur endroit, dit le vieux Joe, retirant la pipe de sa bouche. Passez au salon. Y a longtemps que tu y es comme chez toi et les deux autres sont pas des inconnus. Attendez que je ferme la porte de la boutique. Ah ! qu'est-ce qu'elle grince ! M'est avis qu'il y a pas dans tout ça un bout de ferraille aussi rouillé que ces charnières. Et je suis bien sûr qu'il n'y a pas dans le tas une collection d'os aussi vieux que les miens. Ha, ha ! Nous avons tous la tête de l'emploi et on est parfaitement assorti. Passez au salon. Passez au salon.

Le salon était l'espace ménagé derrière le rideau de guenilles. Le vieillard attisa le feu à l'aide d'un vieux barreau de rampe d'escalier, ajusta la mèche de la lampe (car il faisait nuit) avec le tuyau de sa pipe et se remit à fumer.

Pendant qu'il était ainsi occupé, la femme qui avait déjà parlé jeta son paquet par terre et se percha avec autorité sur un tabouret, les bras croisés sur les genoux, et lança aux autres un regard de défi.

— Et quelle importance, quelle importance,

Mme Dilber ? dit-elle. Chacun a le droit de travailler pour soi. C'était bien ce qu'il faisait, lui.

— Ça c'est vrai ! dit la blanchisseuse. Y en avait pas deux comme lui pour ça.

— Alors, c'est pas la peine de me regarder comme ça, la mère, comme si je vous faisais peur. Qui y verra rien ? On ne va tout de même pas aller se chercher des poux dans la tête entre nous.

— Non, bien sûr ! répondirent Mme Dilber et l'homme d'une même voix. Il manquerait plus que ça.

— Très bien ! dit la femme. En voilà assez. Qui pâtira de la disparition de quelques petites choses comme ça ? Pas un mort, que je sache !

— Pour ça non ! dit Mme Dilber en riant.

— S'il voulait les conserver après sa mort, le vieux grigou, poursuivit-elle, pourquoi qu'il n'a pas vécu un peu plus normalement ? Si ç'avait été le cas, il aurait eu quelqu'un pour s'occuper de lui quand la mort a frappé au lieu de pousser son dernier soupir, comme ça, tout seul.

— C'est bien la vérité, dit Mme Dilber. C'est bien fait pour lui. C'est la peine qu'il méritait.

— J'aurais bien voulu que la peine, elle soit un peu plus lourde, répliqua la femme. Et ç'aurait été le cas si j'avais pu mettre la main sur autre chose. Ouvre ce paquet, vieux Joe, et dis-moi ce que ça fait. Parle clair. J'ai pas peur de passer la première ni qu'ils le voient. On savait bien qu'on s'était servi avant de se retrouver ici. C'est pas un péché. Ouvre le paquet, Joe.

Mais la galanterie de ses comparses ne le voulut pas. Et l'homme en noir, montant le premier au créneau, dévoila son butin. Il n'y avait pas grand-chose. Un ou deux cachets, un étui à crayons, une paire de boutons de manchettes, une broche sans grande valeur et c'était tout. Le vieux Joe examina chaque objet, l'évalua, inscrivant au fur et à mesure à la craie, sur le mur, la somme qu'il était prêt à en donner. Puis, quand il vit qu'il n'y avait plus rien, il fit le total.

— Voilà ton compte, dit Joe, et je te donnerai pas six pence de plus, même si tu me plongeais dans l'eau bouillante. À qui le tour ?

C'était à Mme Dilber. Des draps, des serviettes, quelques vêtements, deux cuillers à thé anciennes en argent, une pince à sucre et quelques chaussures. Son compte fut calculé sur le mur comme précédemment.

— Je suis toujours trop généreux avec les dames. C'est mon point faible et ça sera ma ruine, dit le vieux Joe. Voilà ton compte. Si tu penses que la question n'est pas réglée et que tu veux un penny de plus, je me repentirai de ma générosité et je te retire une demi-couronne.

— Et maintenant ouvre mon paquet à moi, Joe, dit la première des deux femmes.

Joe se laissa tomber sur les genoux pour l'ouvrir plus à l'aise et, après avoir défait des quantités de nœuds, en retira un lourd rouleau d'une grande largeur d'étoffe foncée.

— Et quel nom donnes-tu à ça ? dit Joe. Des rideaux de lit ?

— Eh ! répliqua la femme qui riait, le buste penché en avant, appuyée sur ses coudes. Des rideaux de lit !

— Tu ne vas pas me faire croire que tu les a décrochés, anneaux compris, alors qu'il gisait encore là ? dit Joe.

— Bien sûr que si, répondit la femme. Pourquoi pas ?

— Tu étais destinée à faire fortune, dit Joe, et il est certain que tu y arriveras.

— Ce qui est certain c'est que je ne retiendrai pas ma main si je peux gagner quoi que ce soit en sachant m'en servir, pour les beaux yeux d'un homme comme lui, ça je peux le jurer, Joe, déclara la femme avec le plus grand calme. Ne renverse pas cette huile sur les couvertures, veux-tu ?

— Ses couvertures à lui ? demanda Joe.

— À qui d'autres veux-tu qu'elles soient ? répliqua la femme. Il ne risque plus d'attraper froid sans elles !

— J'espère qu'il n'est pas mort d'une maladie contagieuse ? Hein ? dit, en levant les yeux, le vieux Joe qui s'était interrompu dans son travail.

— Rien à craindre, lui répondit la femme. Je n'apprécie pas suffisamment sa compagnie pour aller traîner près de lui pour des choses comme ça si ç'avait été le cas. Ah ! tu peux te crever les yeux à regarder cette chemise, tu n'y trouveras pas la trace d'un trou, ni la moindre usure. C'était sa plus belle chemise et c'est de la bonne qualité. Ils l'auraient gâchée si je n'avais pas été là.

— Qu'est-ce que tu veux dire, ils l'auraient gâchée ?

— Ils l'auraient enterrée avec, à coup sûr, répliqua la femme en riant. Il y a quelqu'un qui a été assez bête pour la lui passer mais je la lui ai retirée. Si le calicot n'est pas assez bon pour ça, à quoi donc peut-il bien servir ? Ça va aussi bien à un cadavre. Et il ne peut pas être plus laid avec autre chose qu'il ne l'était là-dedans.

Scrooge écoutait ce dialogue avec horreur. Il éprouvait, à l'égard de ces êtres assis autour de leur butin dans la mauvaise lumière de la lampe du vieillard, un dégoût et une horreur qui n'auraient pu être plus grands, s'ils avaient été des démons obscènes faisant commerce du cadavre lui-même.

— Ha, ha ! La femme se mit à rire quand le vieux Joe sortit un sac de flanelle plein d'argent et plaça à même le sol ce qui revenait à chacun. Voilà le résultat. De son vivant, il a fait fuir tout le monde et c'est nous qui profitons de sa mort ! Ha, ha, ha !

— Esprit, dit Scrooge qui tremblait des pieds à la tête, je vois, je vois bien. Mon sort pourrait être semblable à celui de ce malheureux. Ma vie prend aujourd'hui cette pente. Dieu miséricordieux, que vois-je ?

Il recula d'effroi car le spectacle avait changé et il se trouvait tout à côté d'un lit, à pouvoir le toucher. Un lit nu dont les rideaux avaient été enlevés. Dessus, sous un drap déchiré, il y avait une présence à jamais muette mais dont l'horrible aspect ne disait que trop ce dont il s'agissait.

La pièce était plongée dans l'obscurité, une telle obscurité qu'il fut impossible à Scrooge de savoir où il était, malgré les regards qu'il jetait tout autour de lui, rongé par quelque secrète angoisse. Une faible lumière qui venait de l'extérieur tombait droit sur le lit où gisait, dépouillé et dépossédé, abandonné, oublié, sans personne pour le pleurer, le cadavre de cet homme.

Scrooge se tourna vers le fantôme. Son doigt immobile désignait la tête du cadavre. Le drap qui recouvrait le corps était si mal disposé que le moindre déplacement, un simple geste de Scrooge aurait révélé ce visage. Scrooge y pensa, se dit combien ce serait facile à faire et combien il le désirait, mais il n'avait pas plus le pouvoir de retirer le voile que de congédier le spectre qui l'accompagnait.

Oh ! terrible Mort, froide, raide et glacée, dresse ici ton autel orné des terreurs sur lesquelles tu règnes car c'est ici ton empire ! Mais d'une tête honorée, révérée et aimée, tu ne saurais toucher un cheveu pour ton horrible entreprise ou déformer le moindre trait. Ce qui compte n'est pas que la main soit pesante et retombe inéluctablement quand on la lâche. Ce n'est pas que le cœur et le pouls se soient tus. C'est que la main ait été ouverte, généreuse et honnête, le cœur courageux, tendre et chaleureux, et que le pouls ait été celui d'un homme digne de ce nom. Frappe, Ombre, frappe ! Tu verras ses bonnes actions jaillir de la blessure que tu infliges et venir féconder le monde d'une vie immortelle !

Il n'y eut personne pour dire ces mots à l'oreille de Scrooge et, pourtant, il les entendit en contemplant ce lit. Il se dit, « si cet homme pouvait être, à l'instant, ramené à la vie, quelles seraient ses premières préoccupations ? L'avarice, l'intransigeance en affaires, la ladrerie ? Elles l'ont assurément conduit à une fin heureuse ! »

Il gisait là dans une maison vide et sombre. Pas un homme, pas une femme, pas un enfant pour dire qu'il avait été bon pour eux et qu'en souvenir d'un mot gentil ils seront bons pour lui. Un chat grattait à la porte et l'on entendait des rats ronger sous la plaque de cheminée. Pourquoi cherchaient-ils donc à pénétrer dans la chambre mortuaire, et pourquoi s'agitaient-ils ainsi ? Scrooge n'osait y songer.

— Esprit, dit-il, ce lieu est terrifiant. Quand je le quitterai, je n'oublierai pas cette leçon, crois-moi. Partons !

L'esprit continuait cependant de son doigt immobile à désigner la tête.

— Je te comprends, dit Scrooge, et j'obéirais si j'en étais capable. Mais, esprit, je n'en ai pas la force. Je n'en ai pas la force.

Scrooge eut de nouveau l'impression que l'esprit le regardait fixement.

— S'il y a dans cette ville une seule personne qui soit émue par la mort de cet homme, dit Scrooge torturé par l'angoisse, montre-la-moi, esprit, je t'en supplie !

Le fantôme déploya devant Scrooge son vêtement noir comme une aile. Quand il le retira, on vit apparaître une pièce, au grand jour, où se tenaient une femme et ses enfants.

Inquiète et tendue, elle attendait quelqu'un. Elle arpentait la pièce, sursautait au moindre bruit, allait à la fenêtre, regardait l'heure, essayait sans succès de reprendre son ouvrage et avait du mal à supporter les cris des enfants qui jouaient.

Enfin, le coup tant attendu retentit à la porte. Elle s'y précipita et y trouva son mari. Malgré sa jeunesse, il présentait un visage triste, creusé par les soucis, et qui était pour l'instant animé d'une étrange expression, une sorte de délectation sérieuse dont il avait honte et qu'il tentait de réprimer.

Il s'assit devant le repas qu'on lui avait gardé au chaud et quand, après un long silence, sa femme lui demanda timidement quelles étaient les nouvelles, il sembla embarrassé.

— Est-ce une bonne ou une mauvaise nouvelle ? demanda-t-elle pour l'aider.

— Mauvaise.

— Nous n'avons plus rien ?

— Ce n'est pas ça. Il y a encore de l'espoir, Caroline.

— S'il se montre moins intraitable, dit-elle stupéfaite, il y a vraiment de l'espoir. Et rien n'est désespéré, si un tel miracle peut se produire !

— Il n'est plus en mesure d'être intraitable, dit le mari. Il est mort.

C'était une femme docile et paisible si l'on peut se fier à l'expression d'un visage, mais, au fond du cœur, elle fut heureuse d'apprendre cette nouvelle et le dit en joignant les mains. L'instant d'après elle le regrettait et implorait le pardon pour cette pensée, mais son premier sentiment était venu droit du cœur.

— Ce que la femme, à demi ivre, dont je t'ai parlé hier soir, m'a dit, quand j'ai essayé de le voir pour obtenir une semaine de délai, était donc bien vrai. Je croyais que ce n'était qu'un prétexte pour m'éviter, mais non. À ce moment-là, non seulement il était très malade, mais il se mourait.

— Qui va réclamer la somme que nous lui devions ?

— Je ne sais pas. Mais d'ici là nous disposerons de cette somme. Et, même si nous n'y arrivions pas, ce serait le comble de la malchance que son successeur se montre un créditeur aussi impitoyable que lui. Cette nuit, Caroline, nous pouvons dormir le cœur plus léger !

Oui, quoi qu'ils fissent pour se contrôler, ils avaient le cœur plus léger. Les visages des enfants qui se pressaient silencieusement contre eux pour écouter ce qu'ils ne comprenaient guère, étaient plus joyeux. La mort de cet homme les soulageait tous ! La seule émotion que l'esprit pouvait montrer à Scrooge après cette mort, c'était du plaisir.

— Montre-moi quelque part de la tendresse liée à la mort, esprit ! dit Scrooge. Autrement, cette sombre pièce que nous venons de quitter me hantera à jamais.

Le fantôme le mena à travers des rues qu'il

reconnaissait. En chemin, Scrooge chercha à trouver trace de sa propre personne mais il ne se vit nulle part. Ils entrèrent chez le pauvre Bob Cratchit, chez qui il avait déjà été conduit. Ils y trouvèrent la mère et ses enfants assis près du feu.

Immobiles et silencieux, tous. Les deux petits Cratchit, si dissipés d'ordinaire, ne bougeaient pas plus que des statues. Assis dans un coin, ils étaient tournés vers Peter qui avait un livre ouvert devant lui. La mère et ses filles cousaient. Mais tous étaient immobiles et silencieux.

« Et il prit un petit enfant et le mit au milieu d'eux. »

Où Scrooge avait-il entendu ces paroles ? Il ne les avait pas rêvées. Le garçon avait dû les lire à haute voix au moment où l'esprit et lui avaient franchi le seuil. Pourquoi s'était-il arrêté ?

La mère posa son ouvrage sur la table et porta la main à son visage.

— La couleur me fait mal aux yeux, dit-elle.

La couleur ? Ah ! pauvre Tout P'tit Tim !

— Ça va mieux maintenant, dit la femme de Cratchit. C'est la lumière de la bougie qui les fatigue. Et je ne voudrais pour rien au monde que votre père, quand il rentrera, me trouve les yeux rouges. Ça va être son heure.

— Elle est déjà passée, dit Peter en fermant son livre. Mais je pense, maman, qu'il aura marché un peu moins vite que ces derniers jours.

Ils se turent de nouveau. Elle finit par dire d'une voix calme et joyeuse en n'hésitant qu'une seule fois :

— Je me souviens qu'il lui arrivait de marcher très vite en portant... qu'il lui arrivait de marcher très vite en portant le Tout P'tit Tim sur ses épaules.

— Moi aussi, je m'en souviens, dit Peter. Plus d'une fois.

— Moi aussi ! s'écria un autre enfant. Et tous se souvinrent.

— Mais il n'était pas lourd du tout, reprit-elle, concentrée sur son ouvrage, et son père l'aimait tant que ce n'était pas un fardeau. Pas un fardeau du tout. Voilà votre père !

Elle s'élança à sa rencontre, et le petit Bob entra, portant sa fidèle écharpe, le pauvre. Son repas l'attendait au coin du feu et tous rivalisèrent à qui s'occuperait le mieux de lui. Puis les deux jeunes Cratchit grimpèrent sur ses genoux et vinrent mettre leur joue contre la sienne, comme pour dire : « N'y pense pas, papa. Ne sois pas triste ! »

Bob fut très gai avec eux et eut un mot gentil pour chacun. Il regarda l'ouvrage sur la table et loua l'habileté et la célérité de Mme Cratchit et des filles. Tout serait terminé bien avant dimanche, dit-il.

— Dimanche ! Alors tu y es allé aujourd'hui, Robert ? demanda sa femme.

— Oui, ma chérie, répondit Bob. Je regrette que tu n'aies pu venir. Cela t'aurait fait du bien de voir comme l'endroit est verdoyant. Mais tu le verras souvent. Je lui ai promis que j'irai le dimanche. Mon petit, mon tout petit garçon ! dit Bob en larmes. Mon petit garçon !

Il s'effondra brusquement. S'il ne s'était pas abandonné à son chagrin, son fils et lui auraient été encore plus éloignés l'un de l'autre.

Il quitta la pièce et monta à l'étage dans la chambre qui était gaiement éclairée et décorée pour Noël. Tout près de l'enfant il y avait un fauteuil dont on voyait qu'il avait été occupé peu de temps auparavant. Bob s'y assit et, après être resté un instant songeur et s'être calmé, il posa les lèvres sur le petit visage. Acceptant désormais ce qui était arrivé, il redescendit, rasséréné.

Ils se rapprochèrent du feu pour causer. Les filles et leur mère étaient toujours à leur ouvrage. Bob leur parla de l'extraordinaire gentillesse du neveu de M. Scrooge. Il ne le connaissait guère que pour l'avoir vu une fois ou deux. Pourtant, quand aujourd'hui il l'avait rencontré dans la rue et trouvé un peu, « juste un peu abattu, vous comprenez », dit Bob, il était venu lui demander pourquoi il paraissait si triste.

— Là-dessus, dit Bob, comme c'est l'homme le plus agréable qu'on puisse imaginer, je lui ai raconté. « Je vous plains du fond du cœur, monsieur Cratchit, m'a-t-il dit, comme je plains votre excellente femme. » Tiens, au fait, comment savait-il cela, je me le demande.

— Comment savait-il quoi, mon ami ?

— Eh bien, que tu es une excellente femme.

— Mais tout le monde le sait ! dit Peter.

— Très juste, mon garçon ! J'espère bien ! « Je plains votre excellente femme du fond du cœur. Si je peux vous aider d'une façon ou d'une autre, a-t-il ajouté en me donnant sa carte, voici mon adresse. N'hésitez pas. » Et ce fut vraiment merveilleux. Pas seulement parce qu'il pourrait faire quelque chose pour nous, mais pour la gentillesse avec laquelle il le proposait. C'était exactement comme s'il avait connu notre Tout P'tit Tim et partageait notre peine.

— Je suis persuadée que c'est un brave homme, dit Mme Cratchit.

— Tu en serais encore plus persuadée, mon amie, si tu avais l'occasion de lui parler. Je ne serais pas étonné, figure-toi, qu'il aide Peter à trouver une meilleure situation.

— Tu entends ça, Peter ! dit Mme Cratchit.

— Et alors, dit une des filles, Peter aura une bonne amie et se mettra en ménage.

— Vas-tu cesser de dire des bêtises ! dit Peter avec un large sourire.

— C'est tout à fait possible, que ça arrive un de ces jours, dit Bob, mais il a encore le temps, ma mignonne. Le jour où nous serons amenés à nous séparer, d'une façon ou d'une autre, je suis convaincu qu'aucun de nous n'oubliera jamais le pauvre Tout P'tit Tim, ni cette première séparation que nous avons connue. Est-ce que je me trompe ?

— Non, papa, jamais ! dirent-ils d'une même voix.

144

— Et je sais, reprit Bob, je sais, mes amis, qu'il nous suffira de nous rappeler combien il a été courageux et résigné malgré son si jeune âge, pour faire taire toute envie de nous quereller et de trahir ainsi le souvenir du Tout P'tit Tim.

— Tu as raison, papa, dirent-ils tous ensemble.

— Je suis bien heureux, dit le petit Bob. Je suis bien heureux !

Mme Cratchit l'embrassa, ses filles l'embrassèrent, les deux jeunes Cratchit l'embrassèrent et Peter et Bob se serrèrent la main. Esprit du Tout P'tit Tim, ton essence enfantine venait de Dieu !

— Spectre, dit Scrooge, quelque chose me dit que nous devrons bientôt nous séparer. Je le sais, mais j'ignore comment cela se fera. Dis-moi qui était cet homme que nous avons vu sur son lit de mort ?

L'esprit des Noëls encore à venir l'emporta comme précédemment mais à une époque différente, lui sembla-t-il (et, de fait, il avait l'impression que ces visions de l'avenir se présentaient sans ordre), dans les endroits fréquentés par les hommes d'affaires. Mais il ne s'y vit pas. L'esprit ne s'arrêtait nulle part, allant toujours de l'avant comme s'il avait pour unique objet de satisfaire la curiosité de Scrooge et celui-ci dut l'implorer de ralentir sa course.

— C'est dans cette cour, dit Scrooge, que nous traversons si rapidement, que se trouve mon bureau depuis des années. Je vois le bâtiment. Laisse-moi voir ce que je deviendrai dans les temps futurs.

L'esprit s'arrêta. Le doigt indiquait une autre direction.

— La maison est par ici, s'écria Scrooge. Pourquoi montrer un autre endroit ?

Le doigt inexorable ne bougea pas.

Scrooge se dépêcha d'aller regarder par la fenêtre de son bureau. C'était toujours un bureau mais ce n'était plus le sien. Les meubles avaient changé et la personne qui l'occupait également. Le fantôme continuait à indiquer la même direction.

Scrooge rejoignit le fantôme, se demandant toujours ce qu'il était arrivé à sa personne, et il le suivit jusqu'à une grille où ils s'arrêtèrent. Scrooge regarda autour de lui avant d'entrer.

Un cimetière. Ainsi donc, le malheureux dont il allait apprendre le nom dormait sous la terre. C'était un noble lieu. Emprisonné par les murs des maisons, envahi d'herbes folles, moisson de mort et non de vie. Débordant de trop de tombes. Boursouflé à force d'être gorgé. Un noble lieu !

L'esprit, debout parmi les tombes, en montra une du doigt. Scrooge s'avança vers elle en tremblant. Le fantôme n'avait en rien changé, pourtant Scrooge eut l'impression redoutable de voir une nouvelle signification dans cette ombre solennelle.

— Avant que j'approche de cette pierre tombale que tu montres, dit Scrooge, réponds à cette seule question. S'agit-il là des ombres de ce qui arrivera inexorablement ou bien des ombres de ce qui pourrait seulement arriver ?

Le fantôme continua de désigner la tombe près de laquelle il se tenait.

— Le comportement des hommes annonce nécessairement un avenir qui se réalisera, s'ils s'obstinent dans leur conduite, dit Scrooge. Mais s'ils en changent, leur avenir changera. Dis-moi qu'il en est ainsi de ce que tu vas me montrer !

L'esprit resta inébranlable comme avant.

Scrooge s'approcha de lui à contrecœur, pas à pas, en tremblant. Il suivit du regard le doigt tendu et, sur la pierre de cette tombe abandonnée, il lut son propre nom :

EBENEZER SCROOGE.

— Suis-je donc l'homme qui gisait sur ce lit ? hurla-t-il en tombant sur les genoux.

Le doigt alla de la tombe à sa personne et désigna de nouveau la tombe.

— Non, esprit ! Oh, non, non !

Le doigt ne bougeait pas.

— Esprit ! cria Scrooge en s'accrochant de toutes ses forces au vêtement du fantôme. Écoute-moi ! Je ne suis plus l'homme que j'étais. Je serai différent de l'homme que j'aurais été si je ne vous avais pas rencontrés tous trois. À quoi bon me montrer tout ceci, si mon cas est désespéré !

Pour la première fois, la main sembla trembler.

— Bon esprit, continua Scrooge toujours

prostré devant lui, ta nature intercède en ma faveur et me plaint. Donne-moi l'assurance qu'il est encore temps pour moi de changer les visions que tu m'as montrées en changeant de vie !

La main bienveillante trembla.

— J'honorerai Noël du fond du cœur et tâcherai de le célébrer à longueur d'année. Je vivrai dans le Passé, le Présent et l'Avenir. Ces trois esprits rivaliseront en moi. Je ne rejetterai aucune des leçons qu'ils m'ont donné. Oh, dis-moi qu'il m'est encore possible d'effacer l'inscription de cette tombe !

Dans son désespoir, il saisit la main du spectre qui chercha à se dégager, mais Scrooge, à qui sa supplication donnait des forces, parvint à la retenir. L'esprit, doué de forces supérieures encore, le repoussa.

Comme il tendait les mains dans une dernière supplication pour obtenir le renversement de sa destinée, Scrooge vit le capuchon et la robe du fantôme changer. Le fantôme diminua, s'effondra et se réduisit à une colonne de lit.

LE RÉSULTAT FINAL

Oui ! Et la colonne du lit était à lui. Le lit était à lui. La chambre était à lui aussi. Et, bonheur suprême, le temps qu'il avait devant lui était à lui et il pouvait en disposer pour se racheter.

— Je vais vivre dans le passé, le présent et l'avenir ! répéta Scrooge en dégringolant de son lit. Les trois esprits rivaliseront en ma personne. Oh ! que Jacob Marley, le ciel et la saison de Noël soient loués pour tout cela ! Je le dis à genoux, vieux Jacob, à genoux !

Il était si troublé et si agité par ses bonnes intentions que sa voix cassée ne répondait qu'imparfaitement à sa volonté. Il avait sangloté violemment dans la lutte contre l'esprit et son visage était baigné de larmes.

— Ils n'ont pas été arrachés, cria Scrooge en serrant dans ses bras les rideaux du lit. Ils n'ont pas été arrachés, anneaux compris. Ils sont encore là. Je suis là. Les ombres de ce qui pourrait arriver peuvent encore être dissipées. Elles le seront. Je sais qu'elles le seront !

Pendant tout ce temps, Scrooge se battait avec ses vêtements. Ils les tournait à l'envers, les mettaient sens dessus dessous, les enfilait du mauvais côté, déchirait, égarait, et leur faisait jouer les rôles les plus inattendus.

— Je ne sais que faire ! s'écria Scrooge, pleurant et riant tout à la fois et s'entortillant dans ses chaussettes au point de ressembler à Laocoon. Je suis léger comme une plume, heureux comme un ange, gai comme un pinson. J'ai la tête qui tourne comme celle d'un ivrogne. Joyeux Noël à tous ! Bonne année au monde entier. Holà, là-bas ! Hé ! Oh ! Holà !

Il avait sautillé jusqu'au salon et s'y arrêta complètement essoufflé.

— Voici la casserole de gruau ! cria-t-il, s'élançant cette fois en direction de la porte en contournant le foyer. Voici la porte par laquelle le fantôme de Jacob Marley est entré ! Voici le coin où s'est assis l'esprit du Noël d'aujourd'hui ! La fenêtre d'où j'ai vu les âmes en peine ! C'est bien cela. Tout cela est vrai. Ha ! Ha ! Ha !

Et, en vérité, pour quelqu'un qui manquait d'entraînement depuis si longtemps, il lança un éclat de rire magnifique, un rire illustre, père de toute une descendance de rires brillants !

— Je ne sais pas quel jour du mois nous sommes, dit Scrooge. Je ne sais pas combien de temps j'ai passé avec les esprits. Je ne sais rien. Je suis l'enfant qui vient de naître. Aucune importance. Ça m'est égal. J'aime autant être un bébé. Holà! Hé, holà!

Il fut interrompu dans ses transports par le carillon le plus vigoureux que cloches d'église aient jamais fait retentir à ses oreilles. Clac, tic, toc, un coup de marteau, ding, dingue, dong! Ding, dingue, dong, un coup de marteau, tic, toc, clac! Oh! merveille des merveilles!

Il courut à la fenêtre, l'ouvrit et mit le nez dehors. Pas de brouillard, pas de brume. Un froid clair, sec, étincelant, jovial, stimulant. Un froid qui fouettait le sang et donnait envie de danser. Un soleil d'or. Un ciel divin. Un air tonique. Des carillons joyeux. Oh! merveille des merveilles!

— Quel jour est-on? dit Scrooge à un petit garçon endimanché qui avait peut-être baguenaudé pour profiter de ce spectacle.

— Hein? lança l'enfant au comble de l'étonnement.

— Quel jour est-on, mon bonhomme?

— Aujourd'hui? Mais c'est Noël!

— C'est Noël! dit Scrooge se parlant à lui-même. Je ne l'ai pas raté. Les esprits ont tout fait en une seule nuit. Ils font ce qu'ils veulent. Bien entendu. Bien entendu. Ohé! brave petit bonhomme!

— Ohé! répliqua l'enfant.

— Connais-tu le marchand de volailles qui fait l'angle de la rue suivante? demanda Scrooge.

— Si je le connais!

— Un garçon intelligent! dit Scrooge. Un

garçon remarquable ! Sais-tu s'ils ont vendu la dinde primée qui était accrochée ? Pas la petite dinde primée. La grosse ?

— Quoi ! Celle qui est aussi grosse que moi ? demanda le garçon.

— Quel enfant délicieux ! dit Scrooge. C'est un vrai plaisir de lui parler. Oui, mon gaillard !

— Elle y est toujours, répondit l'enfant.

— Bien vrai ? Alors va l'acheter.

— C'est une blague !

— Non, non. Je ne plaisante pas. Va l'acheter et dis-leur de l'apporter ici. Je leur donnerai des instructions pour la livraison. Ramène-moi le commis et je te donnerai un shilling. Ramène-le dans les cinq minutes et je te donnerai une demi-couronne.

L'enfant partit comme un trait. Il aurait la main sûre, l'archer capable de tirer une flèche aussi rapide.

— Je la ferai livrer chez Bob Cratchit ! murmura Scrooge en se frottant les mains et cassé en deux à force de rire. Il ne saura pas d'où elle lui vient. Elle est deux fois grosse comme Tout P'tit Tim. Il n'y eut jamais meilleure plaisanterie que la livraison de cette dinde chez Bob !

La main qui rédigea l'adresse n'était pas très ferme, mais Scrooge parvint tout de même à l'écrire et il descendit ouvrir la porte de la rue et attendre le commis du volailler. Pendant qu'il l'attendait, son regard fut attiré par le heurtoir.

— Je lui vouerai un amour éternel, cria Scrooge en le caressant. Je ne l'avais pour ainsi dire jamais regardé jusqu'ici. Quelle honnête expression sur ce visage. C'est un heurtoir merveilleux ! Voici la dinde ! Ohé ! Bonjour, bonjour ! Joyeux Noël !

Pour une dinde, c'était une dinde ! Jamais un pareil volatile n'aurait pu se tenir debout. Ses pattes se seraient brisées sous lui comme des allumettes.

— Mais jamais vous ne pourrez porter ça à Camden Town, dit Scrooge. Il vous faut un fiacre.

Le bon petit rire dont il accompagna ses mots, et le bon petit rire avec lequel il paya la dinde, et le bon petit rire avec lequel il régla le fiacre, et celui avec lequel il donna sa récompense à l'enfant n'avaient pas leur pareil, si ce n'est le bon petit rire avec lequel il se rassit tout essoufflé dans son fauteuil où il se mit à rire de bon cœur jusqu'à en avoir les larmes aux yeux.

Se raser ne fut pas chose facile car sa main tremblait beaucoup et cela exige de l'application même quand on ne danse pas en se rasant. Mais s'il s'était enlevé le bout du nez, il se serait collé un morceau de sparadrap et n'y aurait plus pensé.

Il mit ce qu'il avait de mieux et sortit enfin. Dehors les gens envahissaient les rues comme le fantôme du Noël d'aujourd'hui le lui avait montré. Scrooge avançait, les mains dans le dos, et contemplait tout un chacun avec un sourire de ravissement. Bref, son air aimable était tellement irrésistible que trois ou quatre personnes de bonne humeur lui lancèrent « Bonjour, monsieur ! Et joyeux Noël à vous ! » Et, par la suite, Scrooge devait souvent répéter que de tous les sons joyeux qu'il eut jamais entendus, ces paroles étaient celles qui avaient sonné le plus gaiement à ses oreilles .

Il était à peine sorti qu'il vit venir dans sa direction le gros monsieur qui était venu le trouver la veille dans son bureau et avait dit « Scrooge et Marley, c'est bien cela ? » Cela lui porta un coup au cœur de penser au regard que lui lancerait ce vieux monsieur quand ils se croiseraient. Mais il savait où était le droit chemin et il ne s'en écarta pas.

— Mon cher monsieur, dit Scrooge, hâtant le pas et prenant les mains du vieux monsieur dans les siennes. Comment allez-vous ? J'espère que vous avez réussi hier dans votre entreprise. C'était bien bon à vous. Joyeux Noël, monsieur !

— M. Scrooge ?

— Oui, c'est cela et je crains que ce nom ne vous soit guère agréable. Permettez-moi de vous demander de me pardonner. Et auriez-vous la gentillesse... Et Scrooge lui murmura quelques mots à l'oreille.

— Dieu me garde ! s'exclama le monsieur, le souffle coupé. Mon cher M. Scrooge, parlez-vous sérieusement ?

— Je vous en prie, dit Scrooge. Pas un shilling de moins. Cela représente des années d'arriérés, je vous assure. Voulez-vous me faire ce plaisir ?

— Mon cher monsieur, dit l'autre, en lui serrant la main, je ne sais que dire devant une telle munifi...

— Ne dites rien, je vous en prie, dit Scrooge l'interrompant. Passez me voir, voulez-vous ?

— Mais très certainement ! dit le vieux monsieur. Et il était clair qu'il avait bien l'intention de le faire.

— Merci, dit Scrooge. Je vous suis très obligé. Merci mille fois. Dieu vous garde !

Scrooge alla à l'église, se promena dans les rues et regarda les gens se dépêcher. Il tapota des enfants sur la joue, parla aux mendiants, plongea son regard dans les cuisines et dans les salons et s'aperçut que tout était pour lui source de joie. Il n'avait jamais songé qu'une promenade pût lui donner autant de bonheur. Dans l'après-midi, il se dirigea vers la maison de son neveu.

Il passa et repassa devant la porte une douzaine de fois avant d'avoir le courage d'aller frapper. Mais il prit son élan et y parvint.

— Votre maître est-il chez lui, ma mignonne ? demanda Scrooge à la petite bonne. Une gentille fille ! Une très gentille fille.

— Oui, monsieur.

— Où est-il, ma belle ? dit Scrooge.

— À la salle à manger, monsieur. Avec Madame. Je vais vous conduire en haut si vous voulez bien me suivre.

— Merci, il me connaît, dit Scrooge dont la main était déjà sur la poignée de la porte de la salle à manger. Je vais entrer, ma mignonne.

Il tourna doucement la poignée et passa discrètement la tête dans l'entrebâillement de la porte. Ils regardaient si la table — somptueusement disposée — était bien dressée, car ces jeunes mariés nouvellement installés sont toujours préoccupés par ce genre de détails et aiment à s'assurer personnellement que tout est en ordre.

— Fred, dit Scrooge.

Ciel ! comme elle sursauta sa nièce par alliance ! Scrooge avait momentanément oublié pour quelle raison elle restait à l'écart dans un fauteuil, les jambes soutenues par un tabouret. Autrement, pour rien au monde il ne lui aurait causé une telle surprise.

— Grands dieux ! s'écria Fred. Qui est-ce ?

— C'est moi, ton oncle Scrooge. Je suis venu déjeuner. Puis-je entrer, Fred ?

Pouvait-il entrer ! C'est une chance que son bras ne se soit pas détaché après une poignée de main aussi énergique. En cinq minutes, Scrooge se sentit chez lui. Rien ne pouvait être plus cordial. Sa nièce était exactement comme il l'avait vue. Et Topper aussi quand il arriva. Et la sœur rondelette également quand ce fut son tour d'arriver. Tous étaient exactement comme il les avait vus. Une réception merveilleuse, des jeux merveilleux, une merveilleuse unanimité, un mer-veil-leux bonheur !

Mais le lendemain Scrooge arriva tôt à son bureau. Très tôt. S'il pouvait seulement se trouver là le premier et surprendre Bob Cratchit en retard ! C'était ce qu'il souhaitait plus que tout.

Et son vœu se réalisa ! Oui, l'horloge sonna

neuf heures. Pas de Bob. Neuf et quart, pas de Bob. Il arriva dix-huit minutes et trente secondes en retard. Scrooge avait laissé sa porte grande ouverte de façon à voir Bob entrer dans la citerne.

Il avait enlevé son chapeau avant même d'ouvrir la porte, et son écharpe aussi. En un clin d'œil, il fut perché sur son tabouret et il se mit à pousser sa plume comme s'il espérait rattraper neuf heures.

— Holà ! gronda Scrooge de sa voix habituelle, autant qu'il put la contrefaire. Qu'est-ce que ça veut dire d'arriver à cette heure ?

— Je suis vraiment désolé, monsieur, dit Bob. Je suis très en retard.

— Très en retard ? reprit Scrooge. Je pense bien. Venez un peu par ici, monsieur.

— Cela n'arrive qu'une fois par an, monsieur, dit Bob pour sa défense, en sortant de la citerne. Ça ne se reproduira pas. J'ai bien fait la fête hier, monsieur.

— Je vais vous dire une chose, mon ami, dit Scrooge. Je ne tolérerai en aucun cas que ce genre de chose continue une minute de plus. Et par conséquent, dit-il en sautant de son tabouret et en donnant un tel coup dans les côtes de Bob qu'il se retrouva titubant dans la citerne, et, par conséquent, je vais vous augmenter !

Bob se mit à trembler et se rapprocha de la règle. Il pensa un instant s'en servir pour assommer Scrooge, le maîtriser et appeler à l'aide dans la cour pour qu'on lui passe la camisole de force.

— Joyeux Noël, Bob ! dit Scrooge avec un ton de sincérité auquel on ne pouvait se méprendre, en lui donnant une claque dans le dos. Un plus joyeux Noël, Bob, mon brave garçon, que je ne vous en ai donnés pendant tant d'années ! Je vais vous augmenter et tâcher d'aider votre famille. Nous allons discuter de votre situation dès cet après-midi devant un verre de vin chaud en l'honneur de Noël, Bob ! Attisez les feux et allez acheter un second seau à charbon avant de tracer une lettre de plus, Bob Cratchit !

Scrooge tint parole et au-delà. Il fit tout ce qu'il s'était promis de faire et bien plus encore. Il fut un second père pour Tout P'tit Tim qui, finalement, ne mourut pas. Il devint le meilleur ami, le meilleur patron, le meilleur homme que la bonne vieille cité de Londres ou tout autre bonne vieille ville, cité ou circonscription ait jamais connu dans ce bon vieux monde.

Il y eut des gens pour rire de cette transformation de Scrooge, mais il les laissa rire et n'y prêta pas attention. Car il était assez sage pour savoir que rien ne se fit jamais pour le bien en ce bas monde qu'il n'y eût des gens pour en rire au début. Comme il savait que ces personnes-là étaient, de toute façon, condamnées à ne rien voir, il se dit qu'autant valait qu'elles ne voient rien à force de plisser les yeux en souriant niaisement. Cela valait mieux que d'être frappé d'une cécité plus désagréable à voir. Le cœur de Scrooge riait, et cela lui suffisait.

Scrooge ne fréquenta plus les esprits et ne but plus une goutte d'alcool. Et il eut à jamais la réputation de savoir mieux que personne comment célébrer la fête de Noël et lui faire honneur. Puisse ceci être vrai de nous tous ! Et, comme disait Tout P'tit Tim : « Que Dieu nous bénisse tous sans exception ! »

TABLE DES MATIÈRES

Crédits photographiques

Charmet : 3, 4, 5, 6, 7, 8, 9, 10, 11, 12 — Mansell Collection : 1 — The
Dickens House : 2 — Walt Disney : 13, 14.

Imprimerie Aubin 86240 Ligugé
Nº d'édition, I 35506 — Nº d'impression, L 16817
Dépôt légal, juillet 1984

Loi du 16 juillet 1949 sur les publications destinées à la jeunesse

Imprimé en France